DYSTOPIA

텅 빈 거품

김동식 서울 성수동 한 주물 공장에서 10년가량 재직했다. 원심력을 이용한 기계에 400~500도의 쇳물을 부어 벨트 버클, 지퍼, 단추 같은 의류 부자재를 찍어내며 이야기를 구상했다. 2016년 온라인 커뮤니티에 창작 글을 올리기 시작해 1년 반 동안 300여 편을 집필했으며, 『회색 인간』을 시작으로 다수의 소설집을 출간했다. 2018년 웹소설로는 처음으로 오늘의작가상 최종 후보에 올랐으며, 제13회 세상을 밝게 만든 사람들에 선정되기도 했다. 현재 카카오페이지에서 『살인자의 정석』 연재 중.

김창규 2005년 과학기술창작문예 중편 부문에 당선, 제1회, 3회, 4회 SF어워드 단편 부문 대상, 제2회 SF어워드에서는 우수상을 수상했다. 하드 SF를 즐겨 쓴다. 작품집 『우리가 추방된 세계』, 『삼사라』가 있고 다수의 공동 SF 단편집에 참여했다. 『뉴로맨서』, 『이중도시』 등을 번역했으며, 창작 활동 외 SF 관련 각종 강의를 진행한다. 대학에서 전자공학 전공. 현재 관심 있는 주제는 교육, 교화, 성장, 확장

전혜진 2007년 라이트노벨 「월하의 동사무소」로 데뷔했다. SF 단편집 『홍등의 골목』, 스릴러 『족쇄: 두 남매 이야기』, 『자살 클럽』을 출간했고, 만화 『레이디 디텍티브』와 웹툰 「펌잇」을 연재하는 등 소설과 만화/웹툰 스토리 분야에서 다양하게 활동 중이다. 수학, 기계공학, 컴퓨터과학, 문예창작을 전공했다.

정도경 2008년 중편 「호(狐)」로 제3회 디지털작가상 모바일 부문 우수상을, 2014년 단편 「씨앗」으로 SF어워드 단편 부문 본상을 수상했다. 러시아 동유럽 지역학과 20세기 러시아 문학, 폴란드 문학을 전공했다. 세부 전공은 유토피아 문학이다. 한때 공산혁명을 일으키고 사회주의 유토피아를 이룩하려던 원대한 이상향이 어째서 거대한 디스토피아로 변했는지 알고 싶어 소련을 공부했는데 학위를 마치고 돌아와보니 내 나라가 디스토피아라서 절망했다. 어둡고 마술적인 이야기, 불의하고 폭력적인 세상에 맞서 생존을 위해 싸우는 약자의 이야기를 사랑한다.

해도연 SF 중단편집 『위대한 침묵』을 썼고, 『단편들, 한국 공포 문학의 밤』에 「이른 새벽의 울음소리」를 수록했다. 크로스로드와 브릿G에 작품을 게재했고, 브릿G 작가 프로젝트, 타임리프 소설 공모전, 어반 판타지 공모전, 안전가옥 대멸종 앤솔로지 공모전에서 수상했다. 대학에서 물리학을 공부했고 대학원에서 천문학으로 박사 학위를 받았다. 세부 전공은 외계행성과 원시행성계원반의 진화.

DYSTOPIA

텅 빈 거품

김동식
김창규
전혜진
정도경
해도연

요다

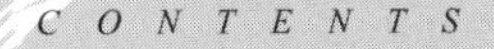

CONTENTS

언인스톨

전혜진

먼 옛날, 고대 그리스의 철학자 소크라테스는 그렇게 말했다고 한다. 요즘 아이들 못 써먹겠다고. 고대 로마의 웅변가 키케로 역시도 비슷한 한탄을 했다는 말이 있다. 요즘 애들은 버릇이 없고 낭비가 심해서 큰일이라고. 사실인지는 모르겠다. 「조상들」은 늘 그렇게 말했으니까 그런가 보다 하는 것이다.

사실 우습지도 않은 이야기다. 「조상들」이 그렇게 좋아하는 21세기 초반의 기록들을 뒤져보면 더욱 그러하다. 그 시대에, 소크라테스나 키케로가 그런 말을 했다는 이야기는 "고대 그리스 로마 시대에도 세상은 말세요 젊은이들은 못 써먹겠다고 했으니 지금 시대에 그런 헛소리를 하는 중년들은 2,000년 전 트렌드에서 못 벗어난 갱생 불가능한 꼰대들"이라는 뜻으로 쓰였다는 것 같다.

그리고 자신들의 부모나 선생이나 조상 들을 그렇게 꼰대라고 빈정거린 이들은, 지금 역사상 최악의 꼰대들, 이름하여「조상들」이 되어 있었다.

* * *

유리는 그때 열 살이었다. 학교가 끝나면 내게 와서 시시하지만 그 나이 아이들에게는 무척 중요한 이야기들을 털어놓던 그 애는, 그날따라 잔뜩 기분이 상한 얼굴을 하고 입을 꾹 다물고 앉아 있었다.

나는 가늠 씨가 맡겨놓은 자료들을 시스템에 밀어 넣다 말고 물었다.

"뭐야, 학교에서 싸우기라도 했어?"

"그런 거 아냐."

"그런 거 아닌 표정이 아닌데. 무슨 일인데."

유리는 고개를 가로젓다가, 입을 비쭉거렸다.

"오늘 학교에서 단체로 영화 보고 왔어. 〈사운드 오브 뮤직〉."

"아. 그거 좀 길지."

"긴 게 문제가 아니잖아. 대체 300년 전 영화를 왜 보는 건지 모르겠다고요."

"나한테 존댓말 쓰지 말랬지."

유리는 반바지 아래로 가늘고 긴 다리를 흔들거리며 책상에 앉아 나를 쳐다보았다. 햇살은 적당하고, 바람도 불고, 미세먼지도 없는 날이었다.

아아.

문득 생각했다. 뜬금없지만 저 애를 만날 수 있어서 다행이라고.

"내가 전에 웃기는 소설을 봤는데 말이야. 너, 천년왕국이 뭔지 알아?"

"교회 다니는 애가 그 비슷한 이야기를 하긴 했어."

"설명하기 쉬워서 좋네. 간단히 말하면 런던에서 살던 천사와 악마가 손을 잡고, 천년왕국의 도래를 막자고 용을 쓰는 이야기야."

"악마라면 모를까, 천사가 왜?"

"천국에 올라가면 영화는 〈사운드 오브 뮤직〉밖에 없고, 모차르트도 초밥도 없으니까. 재미없다 이거지. 곱고 예쁘고 선량하고, 광기라고는 없고 음식도 몸에 좋은 것만 있을 것 같고."

"엄마가 디카페인 커피 마실 때마다 짜증 내는 것과 비슷한 건가 봐?"

"그래그래. 밍밍한 천국이지. 가늠 씨는 요즘 뭐 하셔?"

"맨날 똑같지, 논문……."

제 엄마와 똑같이, 미간에 세로줄로 주름이 잡힌 심각한 표정을 하고 유리가 말끝을 흐렸다. 그러다가 그 애는 나를 바라보며 생각났다는 듯이 말했다.

"오늘 엄마가 좀 일찍 온댔어."

가늠 씨에게 미리 연락은 받았지만, 나는 내색하지 않았다.

"그래?"

유리의 엄마인 가늠 씨는 인공지능을 연구하는 과학자였다.

개발자나 엔지니어는 아니고, 응용수학을 연구한다고 들었는데 정확히 어떤 내용인지는 잘 모른다. 하지만 그녀의 부탁으로 몇 번인가 「조상들」의 시스템에 그녀가 필요로 하는 연산 자료를 업로드한 적은 있었다. 「조상들」의 시스템은 가장 많은 투자를 받고 있는 데다, 성능도 최고여서 고도의 검산을 해나가기에 그만한 게 없다고 가늠 씨는 늘 말했다. 정부로부터 국책 사업 지원까지 받는 그녀가 때때로 「조상들」 시스템에 접속하는 데 어려움을 겪는 것은 좀 유감이었지만, 그녀는 나름대로 자기가 쓸 수 있는 자원을 뭐든 잘 이용하는 사람이었다. 이런 문제를 해결하기 위해 나를 계속 대학에 연구원으로 등록시켜놓는 것을 포함해서.

생각해보니 「조상들」의 표현대로라면, 그녀는 아마도 맥가이버 같은 사람이라는 말이 어울리겠지. 지금 검색해보면 화질 떨어지는 느릿한 영상 속의, 목덜미까지 내려오는 대충 깎은 더티 블론드 머리카락을 휘날리며 전선이나 수도꼭지, 고무장갑, 스위스 아미 나이프 같은 것으로 적을 물리치는 남자가 나오는 이야기이지만, 「조상들」 중에는 은근히 마니아가 있다고 들었다.

"있지. 엄마가 요즘 자꾸, 아빠한테 가겠느냐고 물어본다?"

"야, 네 아빠 실속 없어. 알면서 왜 그런대, 가늠 씨는."

"뭐야, 남의 아빠한테 무슨 막말이야."

"난 네 아빠에게 막말해도 되는 사람이거든."

"흥, 꼰대 조상님."

유리는 굳이 내가 싫어하는 말을 하고, 깔깔거리며 웃었다. 세대 차이야 어쩔 수 없다지만, 나는 그 애가 좋았다. 내 인생에서 그 애만 한 친구는 없었다. 그 친구가 언제까지 나와 놀아줄지는 알 수 없었지만, 그래도 지금 이 순간을 소중히 여기고 싶었다.

"아, 엄마다."

가늠 씨는 며칠은 잠을 못 잔 것 같은 얼굴을 하고 나타났다. 나는 한참 유리와 농담을 하며 그 애의 숙제를 봐주다가, 가늠 씨의 얼굴을 보고 문득 심란해졌다. 정말 무슨 일이 있는 건 아닌가, 어지간한 일로는 이혼한 전남편에게 갑자기 아이를 맡길 생각을 할 사람이 아닌데. 어디 아픈 건 아닌가 걱정이 되었다.

"무슨 일 있어?"

"무슨 일은."

가늠 씨는 들어오자마자 커다란 컵에 커피부터 진하게 내려

마시며 대꾸했다.

"윗대가리들은 펀딩받기 좋은 연구 좀 하라고 난리지, 의사는 향정신성 기호 식품 좀 작작 처먹으라고 잔소리지. 살맛이 안 나는 것 말고는 다 괜찮아. 아니, 지들은 커피 한 잔 안 마시고 의대를 졸업했대? 왜 커피 갖고 잔소리야."

"다음번에 그러면 〈커피 칸타타〉를 틀어줘."

"됐네요. 300년 전 유행가도 지겨워 죽겠는데 500년 전 유행가를 틀고 있으라고?"

"600년이야."

"뭐, 정정 안 해줘도 돼. 내가 수학 선생이지 역사 선생이니."

가늠 씨는 커피를 홀짝거리며 소파에 앉았다. 나는 그녀를 머리끝에서 발끝까지 쭉 훑어보았다. 처음 만났을 때 그녀는 서른두 살이었다. 지금은 마흔여섯 살이다. 몸은 마르고, 머리카락은 생기가 없이 푸석한 채로 새치가 뒤섞여 있었다.

젊어서부터 당차다는 말만으로 설명하기 어려운 사람이었다. 의지가 강하고, 심지가 굳고, 다른 사람이 자기 인생을 좌지우지하는 것을 두고 보지 못했다. 그녀는 자신의 「조상들」이 정해준 이름인 "태연"을 버리고 스스로 지은 이름으로 바꾸기 위해 수

년간의 소송을 거듭한 끝에 뜻을 관철한 사람이었다. 그녀의 성공 이후로 몇 명인가가 더 비슷한 시도를 하려 했으나, 「조상들」이 이런 일이 반복되는 것을 막기 위해 법을 바꾸도록 압력을 넣었다는 이야기는 유명했다. 그래서 오히려 "다른 사람들의 출구를 막아버렸다"는 비난을 받기도 했지만, 그녀는 꿋꿋했다. 어쨌든 아무도 나갈 엄두를 내지 못하는 출구가 그저 존재하는 것보다는, 한 명이라도 여기서 빠져나갈 수 있다는 것을 보여주는 게 중요하다고 그녀는 말했다. 대단한 사람이었다.

"있잖아, 가늠 씨."

그리고 그 대단하다는 것은 역시, 「조상들」에게 밉보이기 딱 좋은 후손이라는 말과도 크게 다르지 않았다. 줄여서 말하면 반골, 그렇게 부를 수도 있겠지. 문득 그녀가 유리의 일로 고민하는 것이 그 때문인가 싶었다.

"지금 하는 연구 말이야, 「조상들」이 싫어할 만한 일이야?"
"……응."

조상이란 무엇인가. 이것을 말하려면 먼저 임의의 어떤 사람을 한 명 떠올려야 한다. 자가수정은 허용되지 않으므로, 이 사람에게는 최소 두 명 이상의 생물학적 어버이가 있다는 것을 알 수 있다. 물론 어버이가 반드시 생물학적인 의미만 말하는 것은 아니며, 반드시 둘만 결합하는 것도 아니므로, 이 사람의 어버이는 최소 두 명 이상이라고 보아야 한다. 그렇다면 이 사람에게는 최소 네 명 이상의 조부모가 있으며, 여덟 명 이상의 증조부모가 있다. 간혹 친척 간에 결혼하거나 하여 조상이 중첩되는 경우도 있겠지만, 대체로 그렇다. 말하자면 이진 트리를 거꾸로 뒤집어놓은 형태와 비슷하다고 봐야 할 것이다.

이런 이야기를 하면 피보나치수열을 떠올리는 사람도 있겠지만, 그와는 다르다. 일단 임의의 어떤 사람이, 반드시 자손을 남긴다는 보장 따위는 없다. 불로불사에다, 늙어서도 매년 새끼를 낳는 토끼 같은 것까지 상상할 필요도 없다. 사실 세상에는 자식을 낳지 않고, 조카들을 챙기면서 나이가 들어서는 잔소리까지 얹어주는 친척들도 얼마든지 있으니까. 그렇다. 아까 말한 임의의 어떤 사람에게는 어버이와 어버이들의 어버이, 다시 말해 조부모나 증조부모나 그 윗대들뿐 아니라, 잔소리 많은 고모나 이모나 삼촌 들도 있을 수 있다. 이 모두를 대체로 조상이라고 부른다. 나와 생물학적 및 호적상의 관계가 있는, 나보다 위 항렬의 존재들 말이다.

과거 한국에서 조상신이란 제사받기를 즐기며 자손에게 복을 주려 하는 존재로 알려져 있었다. 물론 제사를 제대로 지내지 않으면 그런 복은 받을 수 없다고 한다. 자손에게 복을 주는 데 과연 탄수화물 지방 단백질이 필요한지는 모르겠지만.

여기까지는 어디까지나, 보편적인 조상에 대한 설명이다. 그리고 약 300년 전, 이번 밀레니엄 초부터 이 조상이라는 개념은 조금 다른 의미로 쓰이기 시작했다. 인공지능이 소위 "폭발기"를 맞이하고, 인간의 의식을 온전히 네트워크에 업로드하여 기억과 판단을 유지할 수 있게 되면서부터, 청소년기나 늦어도 대학에 갈 무렵에는 컴퓨터와 인터넷에 일상적으로 접속하고, 자신의 모든 것을 SNS에 공유하던 세대는, 나이가 들어 숨을 거둘 무렵에는 자신의 의식을 업로드하고 네트워크 안에서 물아일체를 이루어 영원히 살아가게 되었다.

그렇게 조상은 그저 피상적인 존재가 아닌, 네트워크에서 영생하며 우리 곁에 계속 머무르는 존재가 되었다. 그들 중 목소리 큰 이들이 아직도 말하는, 저 300년 전 고전 애니메이션에 나오는 말, "인류보완계획"처럼.

"지금이 서기 몇 년인지 모르겠어. 가끔은."

가늠 씨가 문득 한숨을 쉬었다.

"발생 단계의 배아나 태아가 나중에 커서 수학을 잘하면 좋겠다면서 모차르트나 바흐를 틀어주는 거야 이해해. 좋은 음악조차도 안 들려주는 것보다는 낫겠지. 크리스마스 때 머라이어 캐리의 캐롤을 듣는 것도 마찬가지야. 대성당에서 그레고리오 성가를 틀어놓는 거나 마찬가지지. 런던에 가면 비틀스를 듣는 것도 괜찮아. 고리타분하고 구식이긴 해도 그럴싸한 것, 그런 게 클래식이잖아. 근데 들었어? 유리가 오늘 보고 온 영화."

"〈사운드 오브 뮤직〉을 보고 왔다던데."

"그래, 〈사운드 오브 뮤직〉. 지난 세기도 아니고 지난 밀레니엄의 영화지. 올해는 서기 2278년인데, 훌륭하신 「조상들」께서는 여전히 1990년대를 살고 계시잖아. 아니, 언제까지 세기말 감성이야."

가늠 씨의 안색이 어두웠다.

"애초에 말이야. 산 사람이 100명 있으면 그중에 한 80명은 보통 사람이고, 열 명은 지질이고, 다음 세대에게도 쓸 만한 말을 해주는 사람은 열 명도 안 된다고. 그나마도 나이 들다 보면 시대

착오적인 말이나 하게 되고."

"열 명이나 있으면 다행이지."

나는 솔직하게 대답했다. 가늠 씨는 빈 커피잔을 내려놓으며 고개를 들었다.

"그런데 100명을 모두 업로드해서 대대손손 영양가도 없는 잔소리에다가, 고릿적 취향이나 강요하고, 명절마다 후손들을 못 살게 굴기까지 하고 있다니."

"그렇다고 나머지 90명을 버리고 갈 수는 없잖아. 평등에 위배되니까."

"비교적 평등한 거지, 사고로 즉사한 사람은 아무리 훌륭하고 의로운 사람이라도 업로드 못 하잖아. 병원에 도착했을 때 숨이 붙어 있고 의식이 있어야 진행이 되는 거지. 그래, 제일 끔찍한 게 뭔지 알아?"

"말해봐."

"요즘 사람들 중에는 후손 안 괴롭힌다고, 죽기 전에 업로드 거부 의사를 명백히 밝히는 사람도 있잖아. 그런데 300년 전에 죽은 사람들은 그런 것 전혀 없지. 언제까지나 영원불멸히 조상님 노릇을 하고 싶어 하니……."

가늠 씨는 진저리가 난다는 듯 어깨를 떨다가 나를 쳐다보았다.

"난 죽으면 업로드 안 할 거야. 변호사에게 부탁해서 유언장에 포인트도 커다랗게, 아주 대문짝만하게 첫 줄에 박아놓았으니까, 유리가 어른이 되기 전에 내가 제명에 못 죽거나 저 망할 「조상들」에게 해코지라도 당하거들랑 그거나 찾아서 도와줘."

"가늠 씨처럼 멀쩡한 사람이 한 명이라도 더 업로드되어야, 비교적 좋은 「조상들」도 될 수 있는 거 아니야?"

"난 싫어. 죽으면 끝이야. 조상이 되고 싶지도 않고 두 번 다시 돌아오고 싶지도 않아."

그녀는 냉담하게 중얼거리다, 숙제할 것을 펼쳐놓은 채 꾸벅꾸벅 졸고 있는 유리를 쳐다보았다.

나는 그녀가 무슨 생각을 하는지 알 수 있었다. 1970년대 중반에 태어난 그녀의 「조상들」은 21세기 초반의 인기 가수였던 소녀시대의 팬이었다. 그 「조상들」은 자손 중에 여자아이가 태어나면 바로 그 소녀시대 멤버의 이름을 붙일 것을 강요했다. 가늠 씨는 자신에게 붙여진 태연이라는 이름을 떨쳐내는 데 성공했지만, 「조상들」은 포기하지 않았다. 그들은 가늠 씨가 공식적으로 아이를 인큐베이터에서 꺼내기로 한 날에 맞추어 가늠 씨의 의식을 일시적으로 정지시켰고, 그들의 자손인 가늠 씨의 아이에게 유리라는 이름을 붙이는 데 성공했다.

아마 그 「조상들」은, 그런 것을 두고도 "딱히 아이에게 해를 끼친 것도 아니고, 우리가 좋아하는 가수의 이름을 붙인 것뿐인데 뭐가 문제냐"고 생각했을 것이다. 지금도 거리에서는 1990년대의 음악들이 울려 퍼지는데, 아직도 그 이름들은 근사하고 멋질 것이라 믿어 의심치 않았을 것이다. 만난 지 1년이 되면 〈벌써 1년〉을, 3년쯤 사귀다 헤어진 커플에게는 〈천일동안〉을 틀어주는 게 여전히 센스 있는 행동으로 여겨지는, 1990년대에 데뷔한 가수 신화의 팬클럽인 신화창조의 무려 140기 멤버 모집 공고가 나붙은 이 풍진 세상에.

* * *

펀딩 때문에 고민하는 것치고는, 가늠 씨는 꽤 중요한 연구들을 계속했고, 꾸준히 논문도 발표했다. 「조상들」의 시스템을 이용하는 데 종종 제약이 걸리는 것치고는 빛나는 성과였다.

"수학이라 그래."

가늠 씨는 대수롭지 않다는 듯이 대답했다.

"원래 수학은, 종이랑 연필만 있어도 연구할 수 있는 거라고. 아, 학술지는 구독해야 하지만."

어느 정도야 그렇겠지만, 처음부터 끝까지 전부 종이와 연필로만 해낼 수 있는 일은 아니다. 증명이야 그렇다고 쳐도, 계산이나 검산, 아주 큰 수들을 두고 추론하는 일을 사람 손만으로 한다는 것은 불가능할 테니까. 그녀는 나이가 들어도 적당히 허세를 부렸고, 겸손을 떨지 않았다.

"내가 몰래몰래 「조상들」의 그리드 컴퓨팅에 그쪽 계산을 올려주지 않았으면 논문 지금의 반도 못 썼을 거면서."

"……나중에 필즈상 받으면 네 덕분이라고 해줄게."

"필즈상은 마흔 살 넘으면 못 받잖아."

"칫, 들켰네."

그 이야기를 할 무렵, 가늠 씨는 P-NP 문제라는 것을 연구하고 있었다.

나로서는 몇 번을 설명 들어도 잘 이해하기 어려운 문제였다. 서당 개 3년이면 풍월을 읊는다는데, 3년도 아니고 13년 가까이 가늠 씨의 계산들을 대신 돌려주면서도 이게 무슨 소리인지 모르다니. 답답하기 그지없는 일이었다.

그래도 어떻게든 파악한 바에 따르면 이것은 컴퓨터로 어떤 문제를 해결하는 데 필요한 시간의 문제라고 한다. 컴퓨터로 뭔가를 계산할 때 드는 시간은 일종의 비용으로 계산되는데, 어떤 알고리즘을 컴퓨터로 얼마나 빠르게 계산할 수 있는가, 이 계산 비용은 현실적인가 알아보는 것과 관련이 있다고 한다.

여기서 현실적이라는 것은, 계산 비용이 다항 시간 내에 해결할 수 있는 문제인지에 대한 것이라고 한다. 물론 입력값이 무한으로 간다면 비용도 늘어나고, 지금 현재의 컴퓨터로는 계산하기 어려울 수도 있겠지만, 여기선 어디까지나 장기적인 가능성까지 염두에 두고 있다는 것 같았다. 이를테면 컴퓨터 성능의 발전을 고려해서, 지금은 힘들더라도 머지않은 미래에 언젠가 가능해질 것까지 염두에 둔다거나.

이렇게 모든 값에서 현실적인 비용으로 계산할 수 있는 가능한 알고리즘을 P클래스라고 한다.

NP클래스는, 아직 좀 애매모호한 녀석들을 두고 하는 말이다. 그냥 보기에는 계산 비용으로 지수 시간을 소비하게 될 것 같은

데, 운이 좋으면 현실적인 시간 안에도 해결할 수 있는 문제들 말이다. 이 P-NP 문제는 바로 이 두 클래스에 대한 이야기다. 운이 좋으면 빨리 풀 수도 있는 문제(NP)들이, 사실은 현실적인 시간 내에 풀 수 있는 문제(P)였던 것은 아닐까.

가늠 씨가 연구하는 것은 바로 그 부분이었고, 수시로 컴퓨터를 이용한 계산이 필요할 터였다. 그런 것을 증명하려 들면서, 종이와 연필만으로 할 수 있다고 말하다니. 객기라니까.

"백업은 잘 갖고 있지?"

"응."

"이 연구, 어디다 쓸 수 있는 건지 알아?"

"글쎄? 가늠 씨 전공이야 인공지능 쪽이지 않아? 뭔가 그쪽이겠지."

"「조상들」에게 엿을 먹이는 데 쓸 수 있어, 이거."

이제 쉰 살이 넘은 가늠 씨는 나이가 들어 볼살이 납작하게 빠진 메마른 얼굴로 웃음 지었다.

"쓰기 나름이지만 말야. 재미있는 이야기를 해줄까? 「조상들」의 시스템이 지구 상의 어떤 학술이나 군사적인 시스템보다 강력해지고, 죽은 「조상들」의 리소스를 활용해서 학술 목적의 그리드 컴퓨팅을 돌리기 시작한 이래로, 오히려 인류의 기술 발전 중 어떤 부분은 성장이 둔화되었어. 왜 그런지 알아?"

"저기, 가늠 씨. 나 그만 들을래."

위험하다, 는 생각이 들었다.

나는 상관없었다. 하지만 가늠 씨는 달랐다. 그녀는 유리의 엄마이고, 훌륭한 학자였다. 그런 사람이 「조상들」에게 대놓고 몹쓸 소리를 하고, 미움을 받고, 어떤 식으로든 불이익을 당하는 것은 싫었다. 할 수만 있다면 나는 그녀의 입을 아주 틀어막았을 것이다. 하지만 가늠 씨는, 요만큼의 주저도 없이 제 하고 싶은 말을 다 떠들었다.

"「조상들」이 원하지 않아서야. 질투해서 그렇고, 우리가 자기들에게 해를 끼칠까 봐 더 그래. 반골이 될 수 있는 자기 후손들이 연구를 하는 것보다는, 자기들에게 순종하는 인공지능들이 연구하게 하고, 그중에 자기들에게 유리한 것만 발표하게 만들고 싶어 하지. 난 그런 「조상들」의 일부가 되고 싶진 않아. 그래, 왜 내가 수시로 시스템 접근을 거부당했는지 알겠어?"

알고도 남겠다. 나는 가늠 씨가 이혼한 이후로 몇 달마다 정리해서 내게 맡겨놓은 연구의 백업본들을 떠올리며 입을 다물었다.

"언젠가 모든 게 끝이 났으면 좋겠어."

가늠 씨가 커피를 내리며 중얼거렸다.

"「조상들」 같은 것이, 우리 유리의 앞날에 간섭하게 두고 싶지 않아."

유리는 이제 고등학교에 입학했고, 집에 돌아오려면 한 시간은 더 있어야 할 것이다. 나는 한참 머뭇거리다가 겨우 한마디 했다.

"알아, 나도."

* * *

"그거 뭐 하는 거야?"

유리는 대학 입시를 마친 뒤였다. 길고 긴 겨울방학의 시작이었다. 그 애는 빈둥거리며 전에 없던 휴가를 누리다 말고 문득 나를 쳐다보았다. 나는 느긋하고 나른하게 대꾸했다. 그것이 일종의 과시 행위라는 것을 충분히 알고 있는 사람이 할 법한 대답이었다.

"아아, 그건…… '세계의 종교'라고 하는 것이다. 교양 과목이지."

유리는 웃음을 터뜨렸다.

"뭐야, 완전 「조상들」 같아."

그 애의 말대로다. 이 말투는 21세기 초반에 유행하던 소설의 주인공들이 쓰던 말투였다.

정확히는 어떤 이유로 다른 시대, 다른 세계에 뚝 떨어진 현대인이, 현대에는 보편화된 개념이나 기술을 구사하면서 그 시대 사람들에게 과시할 때 쓰는 말투에서 비롯되었다고 한다. 물론 그때는, 다른 세계에 떨어지자마자 민주주의라든가 마요네즈 만들기 같은, 빈손으로 떨어진 현대인이 다른 기술 문명의 도움 없이 자신이 살던 세계의 우월함을 과시하려 드는 클리셰를 놀리기 위한 것이긴 했다는데.

“300년 전에 나온 말을 갖고도 잘도 웃네.”

“왜 그렇게 까칠해. 갑자기 또.”

“아니, 300년 동안 유행어가 된 말들을 생각하는 중이야. 인류 역사상 그런 게 있었나.”

“속담 같은 거 있지 않아?”

“속담하고는 좀 다르지.”

우리는 아직까지도, 300년 전에 유행하던 것들을 농담이라고 구사하고 있다. 그게 마치 엊그제 유행한 이야기라도 되는 것처럼. 우리는 그래야만 한다. 「조상들」이 원하시므로.

“왜, 또 조상 탓이야? 안 되면 조상 탓이라더니.”

“요즘 누가 겁도 없이 조상 탓을 해. 네트워크 리소스 끊어먹을 일 있어?”

“하긴…….”

유리는 소파에 벌렁 드러누워서 다리만 까딱거렸다.

"아, 그거 알아? 나 이제 대학 가면, 「조상들」에게 때마다 돈 바쳐야 하는 거."

"……."

"아, 진짜. 후손한테 잘해주는 건 없이, 명절마다 돈만 받아먹고."

"너희 엄마도 그건 내더라."

"그래, 귀찮으니까 그건 내시는데. 하여간 너무 요구 사항이 많은 것 같아."

"그래서, 너도 너희 엄마처럼 나중에 업로드 거부할 거야?"

"아아니."

유리는 개구쟁이 같은 표정으로 웃으며 고개를 살래살래 저었다.

"이왕 이렇게 된 것 나도 후손들 삥이나 뜯을까 봐."

인간의, 영생에 대한 욕망에는 끝이 없다. 불로초를 찾으러 다니고, 피라미드를 짓고, 신선이 되겠다며 수은을 넣어 빚은 단약을 먹고. 그런 것들을 비웃던 20세기 후반 사람들도 불치병에 걸렸을 때 냉동인간이 되어 먼 미래에 깨어나 치료를 받겠다며 이

집트 파라오 피라미드 짓는 소리를 하고 있었다. 그리고 그들 앞에, 낡은 몸을 버리고 네트워크에 의식을 업로드하여 영원히 살아가는 기술이 나타났다. 무협지 스타일로 말하자면 우화등선이었다.

처음에는, 달에 가는 것이나 냉동인간이 되는 것처럼 일부 선택된 부유한 사람들에게만 가능할 일처럼 여겨졌다. 하지만 이번 밀레니엄에는 이미, 모든 사람은 평등하다는 개념이 내면화되진 못했을지언정 보편화되어 있었고, 누구나 죽은 뒤에 의식을 업로드할 권리가 보장되기에 이르렀다. 그 첫 세대가 1970년대생들이었다. 지난 밀레니엄의 끝과 새 밀레니엄의 시작을 보았던 세대. 처음으로 인터넷을 능숙하게 사용한 세대. 그리고 의식 업로드를 통해 죽음을 극복한 세대. 우리의 「조상들」.

하지만 「조상들」은 요구 사항이 많았고, 질투가 심했으며, 자주 토라졌다. 자기들보다 풍요로운 세상을 살게 된 후손들을 미워하고 질투하고, 자신들의 한물간 취향을 언제까지나 강요했다. 조상 탓을 하면 대놓고 싫어하다 못해, 후손들에게 불이익을 주기도 했다. 다행히 먹지도 못하고 품만 많이 든다는 제사상을 요구하지 않았지만, 명절마다 합리적인 형태의 공경을 요구했다. 이를테면 사이버 머니 같은 것 말이다.

"음, 엄밀히 말하면 그것도 근본 없는 짓이긴 하지."

"어, 그래?"

"이거 있잖아. '세계의 종교' 시간에 그러더라고. 「조상들」 중에서 돈에 얼굴이 실릴 정도의 거물급이 아니면, 대체로 4대 이상은 챙기지 않는 거라고."

"진짜?"

"어, 진짜."

나는 수업 시간에 받은 참고 자료를 디스플레이에 띄우며 대답했다.

"어디 보자…… 본래 한국에서도 4품 이상의 대부는 3대 조상을, 6품 이하는 조부모까지, 7품 이하의 하급 관리와 서민은 부모 제사만 지내는 것으로 충분했다…… 조선에서 유교 윤리를 강화하면서 6품 이상은 3대, 7품 이하의 관리들은 2대, 서민만 부모 제사를 지내는 쪽으로 강화되었다. 그러다가 조선 말기에 삼정의 문란이니 공명첩 매매니 이런저런 일들로 양반의 숫자가 늘어나면서, 4대조까지 제사를 지내지 않으면 상놈 소리를 듣게 될 만큼 제사 인플레이션이 일어난 거라고 그러네."

"인플레가 일어나서 4대였는데, 지금은 300년 전 조상님도

내 코 묻은 돈을 노리고 계시고. 말세는 말세네."

"……용돈 좀 줄까?"

"와우."

유리가 몸을 일으켰다. 그리고 나를 향해 두 손을 모아 내밀며 생긋 웃었다.

"감사합니다. 사랑합니다. You're my sunshine."

"오냐."

얼른 유리의 계좌에 용돈을 적당히 넣어주며 생각했다. 정말이지 인간의 욕망이란 끝이 없으며, 옛사람들은 아마도 그중에 제일은 영생 불사에 대한 욕구일 거라고도 생각했지만, 그 지난 시대의 철학자들도 차마 이런 미래는 상상하지 못했을 것이다.

그 영생 불사하시는 「조상들」께서 300년 전의 영화며 유행가를 아직도 유행시키는 것도 모자라, 후대의 자손들에게 명절마다 삥을 뜯고, 성에 차지 않으면 마치 동티를 내듯이 훼방을 놓아대는 그런 꼬라지는.

"그래서, 가늠 씨하고 여행이라도 가야지? 입시도 끝났는데."

"못 가."

가늠 씨 이야기가 나오자, 조금 전까지 돈을 세어보고 희희낙락하던 유리는 갑자기 목소리를 낮추며 시무룩한 표정을 지었다.

"못 가. 며칠 전에 차단당했어. 네트워크 리소스를."

"어, 왜? 어쩌다가!"

"우리 엄마만 그런 거 아니야. 엄마 동료들도 다 막혔어."

"……무슨 사고를 친 거야, 대체!"

"석 달 있다가 풀어준댔어. 아, 그래서 말하지 말라고 그랬는데."

"무슨 일인데?"

나는 유리를 계속 몰아댔다. 유리는 쭈뼛거리다가 한참 만에 겨우 입을 열었다.

"얼마 전에 학회에서 아주 역린을 건드린 모양이야. 업로드된 「조상들」이 영생을 누리는 건 좋지만, 교류하고 영향을 끼칠 수 있는 세대에 제한을 두어야 한다고 했다는 거야. 이를테면 100년 이상 차이 나는 후손에게는 영향을 못 끼치게 한다거나, 명절에도 챙기지 못하게 하거나."

틀린 말은 아니다. 맞는 말이다. 어떻게 조상이, 특별히 후대에 길이길이 남을 만한 일을 한 것도 아니면서 언제까지나 자손들의 공경을 받을 생각만 할 수 있어.

하지만 내가 아는 가늠 씨는, 그렇게 점잖은 이야기만 하고 끝났을 위인이 아니었다.

"……어떻게 몇백 년 전 조상이 아직도 설치고 다니느냐, 조상이 해준 게 뭐가 있느냐. 조상신이 아니라 잡귀라도 그 정도로 챙겼으면 후손에게 뭔가 실질적으로 득 될 일을 해줬겠다, 등등 등."

그러면 그렇지.

그러니까 여행도 못 간다는 거다. 네트워크 리소스가 차단당한 채로는, 비행기도 기차도 배도 이용할 수 없으니까.

"그래서 학회 하다 말고 끊어버렸대."

"……꼭 멀리 가야 제대로 노는 건 아니니까. 요 근처에 호텔 패키지라도 잡아줄까? 가늠 씨랑 같이 갈래?"

"됐어, 엄마 요즘 모처럼 원 없이 책이나 본다고 좋다고 그러시는걸."

대답하면서도, 유리는 한숨을 푹 쉬었다.

싸가지 없는 것들. 나는 속으로 「조상들」에 대해 생각했다. 아니, 죽은 다음에도 자기 가족들이 자신을 반겨줄 거라는 편견을 좀 버리라고. 보통은 기껏해야 자기 엄마나 자기 할머니 정도 보고 싶은 게 아니었어? 하다못해 자기 아빠도 보고 싶지 않은 사람이 얼마든지 있을 텐데. 그 이상이야 솔직히 어디 숨겨놓은 유산이라도 있는 게 아니고서야 알 게 뭐야.

한숨만 나왔다. 대체 지난 세기도 아니고 지난 밀레니엄에 태어난 자들이 이게 무슨 깡패 짓이야.

"그래서 그 「조상들」께서는 언제까지 대장 놀이를 하고 싶은 거래?"

"나도 모르지."

우울해졌다.

사람은 태초부터 신을 꿈꾸고, 영생을 꿈꾸었지만.

이제 의식을 업로드하고, 수백 년 뒤 후손에게 잔소리도 할 수 있는 지금, 사람의 모습은 여전히 그냥 사람일 뿐이었다. 신을 닮

아가는 것도 아니고, 일부는 계속 앞으로 나아가지만 대부분은 여전히 지난 세기, 지난 밀레니엄의 실수를 반복하면서, 그저 살아갈 뿐이다. 그런 사람들이, 다시 의식을 업로드하고 영원히 살며 후손들을 괴롭힌다. 진저리가 날 정도로.

* * *

가늠 씨의 육체가, 의식이 정지된 채로 발견된 것은, 나와 유리가 그 대화를 나누고 열흘 뒤의 일이었다.

"어떡해……."

유리는 새파랗게 질린 채 나를 찾았다. 나는 참담한 마음으로 그 애를 바라보았다.

의식은 복제하지 않는다. 기술적으로 불가능한 것은 아니지만, 동시에 두 곳에, 온라인과 오프라인 양쪽에 같은 사람의 활성화된 의식을 두는 것은 법으로 금지되어 있다.

가늠 씨와, 그녀와 같은 수학자 몇 명이 더 같은 일을 겪었다. 의식이 아주 사라진 게 아니었다. 정지되어 있었다. 다시 말해서 그녀와 동료들은 숨만 붙은 채 의식이 날아가버린 게 아니라, 어딘가에 의식이 업로드된 상태라고 봐야 옳았다. 의식의 행방을 찾아 다시 다운로드하면 문제야 없겠지만, 대체 그 의식이 지금 어디에 가 있느냐고.

"못 찾는 거야?"

"아니, 찾을 수는 있는데……."

"있는데?"

"당장은 못 찾지. 49일 지나야 검색되는 거 알잖아."

"그거, 죽은 사람만 해당되는 게 아니었어?"

"이 시스템을 만든 놈들이 죽은 사람과 안 죽은 사람과 반만 죽은 사람을 가렸을 것 같냐."

"미치겠네……."

엄밀히 말해 지금 벌어진 일은 범죄였다. 사람이 죽지도 않았는데 자신의 의사와 상관없이 의식이 업로드당하다니.

"신고는 했어?"

"한다고 받아줘야 말이지."

"아……."

"뭐야, 진짜. 경찰들 월급 받아서 뭐 하는 거야."

하지만 이런 일은, 솔직히 말하면 흔했다. 말하자면 「조상들」이, 자신들을 부인하는 자들을 혼쭐내주는 방법이랄까. 정말로 죽이는 것도 아니고, 어느 정도 시간이 지나면 돌려보내기도 했으니 경찰들도 의식을 마구잡이로 복제하는 게 아닌 이상 「조상들」이 심심해서 벌이는 장난 정도로 치부했다. 누군가 이 일에 대해 「조상들」의 횡포라고, 이러다가 정말 사람이 죽기라도 하면, 혹은 잘못되면 누가 책임질 수 있느냐고 항의를 해도, 어지간해서는 크게 문제 삼지도 않았다.

"왜 산 사람을 안 지켜주냐고!"

유리가 소리를 질렀다. 나는 대답하지 못했다.

"왜 산 사람 말을 안 들어!"
"……그러게나 말이다."

한참 만에야, 대답했다.

"난 업로드되기 싫다고 했는데, 자살씩이나 했는데, 정신 차려

보니 업로드당해 있더라고."

"아, 진짜!"

대체 우리는, 언제까지 매여 살아야 하는 걸까.

자긴 살 생각이 손톱만큼도 없어서 자살을 했는데, 부모 형제 일가친척이 억지로 업로드를 시켜버려서 죽지도 못하게 되기도 한다.

살아 있는 동안 충실히 살아가고, 숨이 멎는 그 순간 인생을 끝내려고 했는데, 아직 산 채로 「조상들」이 멋대로 의식을 끄고 업로드하고 빼돌려버린다. 개인주의라는 사상이 발명된 게 대체 언제인데, 우리는 아직도.

아마도 저 49일 동안의 안정화 기간, 사람이 업로드된 자신을 온전히 받아들이기 위한 유예 기간이 끝날 동안 돌아오지 못한다면, 검색을 해서라도 그녀를 찾아낼 수 있을 것이다. 하지만 대부분은, 「조상들」이 산 사람을 골탕 먹이려고 벌인 짓이라면, 1, 2주 안에 그녀는 돌아올 것이다. 그리고 경찰은 이번에도 별일 아니었다는 듯, 마치 사람이 없어졌는데 "단순 가출"이라고 표시하듯이, 대수롭지 않게 이 일을 넘기고 말 거다. 산 사람이 뭔가 잘못해서 이런 사달이 나기라도 한 것처럼, 그저 죽은 「조상들」의 의사를 열심히 존중하면서.

그렇게 해서 이 세상에서 수호하려는 건 대체 뭘까.

* * *

사십구재란 죽은 뒤 내세가 존재하고 윤회를 거듭한다고 믿던 시대의 산물이다. 이 이야기는 대략 『서유기』에 나오는 삼장법사가 살던 시대로 거슬러 올라간다. 삼장법사라는 이름으로 알려진 현장 스님이 천축에 가서 불경을 가져와 당나라에 도입한 것이 바로 유식불교인데, 이 유식불교를 창시한 인도의 세친 스님과 무착 스님이 지은 『아비달마구사론(阿毘達磨俱舍論)』이라는 경전에, 사람이 죽어서 다시 태어나기를 기다리는 중유(中有), 또는 중음(中陰)이라는 상태에 대해 나온다.

사람은 죽어서 49일 동안 이 중음에 머무르며, 여기서 일곱 번의 생사를 거쳐 다시 태어날 곳을 정한다. 하지만 죽은 사람 중 상당수는 자기가 죽은 줄 모르고 여전히 살아 있을 때처럼 행동하려 하니, 이 미망에서 벗어나고 자신의 죽음을 깨달아 다음 생을 얻기를 기원하는 불교 의식이 사십구재다.

그리고 업로드된 의식이 안정화를 거치는 기간이라는 49일도, 여기서 기인했다. 대부분 죽은 뒤에는 의식을 업로드하는 게 당연한 시대인데도, 어떤 「조상들」은 여전히, 이 사십구재까지

치르기도 했다.

사실은 나 역시도 그랬다. 내겐, 그 사십구재가 필요했다. 지금으로부터 100년도 전, 내가 딱 지금의 유리만 했을 때, 내 몸은 죽었다.

자살이었다. 21층에서 뛰어내렸으니 바로 죽을 줄 알았는데, 나는 즉사하지 않았다. 온몸의 뼈가 부서진 채, 출혈 과다로 죽음을 목전에 둔 채로 발견되었다.

몸을 살려둘 수도 있었다. 완벽하게 복구되긴 어려웠겠지만. 그래서 내 부모님은, 내가 그 망가진 몸에 갇히는 대신, 의식을 업로드하는 쪽을 선택했다. 본인이 강력하게 거부하거나 아예 죽은 채 병원으로 실려 온 게 아닌 이상, 당연한 일이라지만, 나는 미성년자였고, 나 스스로 목숨을 끊을 권리 같은 것은 존중받지 못했다.

그것은 죽은 자의 권리였고, 죽음 이후의 또 다른 삶을 구성하기 위한 절차였으며, 아직 살아 있는 사람들을 위한 위로였으니까. 나는 그렇게 49일 동안 강제로 납득당한 뒤, 거대한 네트워크의 일부, 「조상들」 중 하나가 되어버렸다. 나의 의지와 상관없이, 나는 내 손으로 목숨을 끊으려 했던 열일곱 살 9개월에 영원히 박제된 채로, 길고 긴 임사 체험 속을 헤매고 있었다.

부모님은 늙어가셨다. 오빠는 잔소리만 많은 중년이 되었다.

조카며 조카손주들이 태어나 어른이 되었다. 어색한 혈연들을 바라보고, 업로드된 채 만나게 된 또 다른 이들과 교류하고, 갓 태어나 기저귀 갈던 아이들이 나이 들어 꼰대가 되어가는 모습을 바라보며 내가 가질 수 없었던 인생을 살아가는 것을 잠시 부러워하다가, 처음부터 그런 것을 원한 적은 없다는 것을 문득 깨닫고.

그러다가 나는 그들을 만났다.

오빠의 고손녀가 되는 유리를.

그리고 그 애의 엄마인, 가늠 씨를.

* * *

예전에 가늠 씨는 내게 농담처럼 말했다. 유리가 어른이 되기 전에 자신이 죽거나 해코지를 당하면 변호사에게 맡겨놓은 유언장을 찾아달라고. 어쩌면 그녀는, 그 말을 할 무렵에, 자신이 제명에 곱게 죽기 어려운 연구를 하고 있다고 이미 생각했을 것이다.

그땐 상상도 못 했지. 아무리 반골이라고 해도 수학자인데. 무슨 무기를 만드는 사람도, 혁명을 일으키자고 선동하는 사람도 아닌데. 별을 못 본 콩나물처럼 노랗게 뜬 얼굴을 하고 방구석에 앉아서 밤낮 없이 계산만 하는, 가만히 내버려둬도 운동 부족으로 제명에 못 죽게 생긴 그런 사람인데.

그때는 몰랐다. 2차 세계대전 때 맨해튼 프로젝트에 참여했던 존 폰 노이만도, 독일군의 에니그마 암호를 풀었던 앨런 튜링도 수학자라는 것을. 생각해보니 셜록 홈즈에 나오는 악당, 제임스 모리어티도 수학 교수였지. 가만히 종이에 숫자들을 잔뜩 써놓고 손톱을 물어뜯으며 계산만 하는 사람들이 아니었을지도 모른다. 수학자라는 사람들은. 그리고 가늠 씨는.

"…… 유리 양이 아직 미성년자일 경우, 선생님께 전달하도록 되어 있습니다."

가늠 씨와 비슷한 시기에 의식을 잃었던 수학자 몇 명은 의식을 되찾았다.

하지만 3주가 지나도, 가늠 씨는 돌아오지 않았다. 단서조차 잡히지 않았다. 가늠 씨의 몸은 현재 가사 상태로 생존을 유지하고 있었다. 의료보험이 적용되긴 했지만, 안정적인 상태는 아니었다. 본인의 동의를 받을 수 있다면 아예 안정적인 상태로 냉동해버릴 수도 있지만, 지금은 그녀의 의식이 어디에 가 있는지도 알 수 없는 데다, 그녀의 유일한 가족인 유리는 미성년자였다. 누구라도 유리의 후견인이 되지 않으면, 다른 조치를 하는 것도 불가능했다. 그렇다고 유리 아빠를 끌어들일 수도 없었다. 그 녀석은 내가 봐도 못 미더운 데다, 딱히 가늠 씨를 위해 움직일 만한 배짱도 없는 녀석이었으니까.

변호사에게 연락했다. 그녀는 죽지는 않았지만, 지금 해코지를 당해 의식을 되찾지 못하고 있는 것만은 분명했다. 변호사는 나를 유리의 후견인으로 지정한다는 유언장과 함께, 비대칭 암호를 풀 수 있는 대칭 키 암호, 즉 비밀키를 보내 왔다.

"유언장이라고?"

그리고 나는, 유리를 불러들였다.

"우리 엄마 아직 안 죽었잖아!"

"알아. 아는데, 일단 지금 이것저것 처리하려면 필요해서 받아 왔어."

"그런 걸 왜 나랑 상의 안 했어."

"살아 있는 미성년자보다는 죽은 「조상들」의 권한이 더 크니까."

유언장에 적힌 권한에 의해, 나는 유리를 대신하여 가늠 씨의 몸을 냉동할 수도 있고, 다른 조치를 취할 수도 있었다. 하지만 그보다도, 이 비밀키로 풀 수 있는 것이 무엇인지 같이 확인하고 싶었다.

"비밀키라는 거, 그냥 입력하면 바로 풀리는 게 아니었어?"

"……아닌가 봐. 시간이 걸리네."

유리는 뭔가 작업이 일어나고 있는 화면을 그저 바라보았다. 답답했지만, 가늠 씨에 대해 뭐라도 결정하기 전에, 혹시라도 단서가 있다면 찾아야 했다. 유리는 제 엄마의 문제를 해결하려는 데 딴짓을 하는 것이 어쩐지 불경하다고 생각하는 것 같았지만, 나는 유리를 위해 음식을 배달시켰다. 유리는 머뭇거리다가, 결국 배가 고팠는지 감자튀김 같은 것들을 집어 먹기 시작했다. 그러다가 그 애는 나를 향해 속삭였다.

"아무…… 이야기나 좀 해봐."

나는 보던 전자책 화면을 옆으로 밀어놓으며 한숨을 쉬었다. 교양 과목 과제 때문에 보고 있던, 한국의 무속에 대한 책이었다. 무속 신앙 같은 것은 이미 사라져 이제는 그 형태만이 남았을 뿐인데. 책을 읽다 보니 묘하게 현실과 겹쳤다.

"나 요즘, 리포트 쓰잖아."

"그 종교 과목 아직도 들어?"

"어. 그거 리포트 쓰느라고 한국의 무속 신앙에 대해 조사했는데, 재미있는 게 있어."

"뭐가 재미있길래."

"조상이 해코지하는 거."

유리는 콜라를 마시다 사레가 들렸는지 기침을 쿨럭거렸다.

"조상이…… 뭐?"

"어, 일단 1980년대에 구비문학을 채록하여 정리한 게 있대. 여기 보면 제사 음식에 성의가 없다고 손자를 화로에 떠다밀거나, 제삿날 며느리가 불손하게 굴었다고 손자를 국 솥에 빠뜨려 죽여버리거나."

"그게 뭐야…… 이건 뭐 며느리를 협박하기 위해 손자를 인질로 삼은 귀신이잖아."

"응, 그리고 1960년대에 미국 민속학자가 한국 무속을 기록한 것도 나오는데, 여기 보면 '신령들은 앙심과 적의로 가득 차

있지만, 희생자들의 도덕적 특성이나 행위와는 상관없이 단지 변덕이 심해 희생자들을 공격한다고 믿어진다'는 말도 있고."

"야, 그거……."

"여기 있네. '조상 손은 가시손이다'라는 말도 나와. 심지어 정상적인 죽음을 맞이한 조상도 자신이 살아생전 못 이룬 것들을 이뤄내라고 후손들을 괴롭히고, 후손들은 무당을 통해서 조상신에게 뇌물을 바치고."

"그거 그냥 업로드된 조상님들하고 비슷한 거 아니냐?"

"그래, 그렇지."

그때, 한참 작업 중 표시가 떠 있던 화면에 변화가 일어났다.

"어……."

우리는 동시에 화면을 바라보았다. 그리고 메시지가 떠올랐다.

「이걸 열어볼 정도라면 아마 난 이미 틀렸어. 그러니까 내가 준 백업에 지금 당장 이 키를 적용하도록 해. 유리를 위해서야.」

간단한 메시지였다. 그녀답게, 용건만 간단히. 하지만 유리는 그 메시지를 몇 번이나 다시 읽어보다, 바닥에 손을 짚으며 무너졌다.

"엄마……."

유리를 위로해야 했다. 하지만 동시에 나는, 가늠 씨의 부탁도 집행해야만 했다. 나는 유리가 나를 만류하기 전에, 내가 갖고 있던 백업 파일에 가늠 씨가 남긴 비밀키를 적용해보았다.

P-NP 문제에 대한 논문인 줄 알았던 파일들이, 하나씩 형태를 바꾸기 시작했다.

"……유리야, 이것 좀 봐."

나는 중얼거렸다. 화면에 나타난 것은 복잡한 코드의 양자 알고리즘이었다. 소인수분해와 이산로그는 물론, 지금까지로서는 P=NP를 증명할 수 없었던 NP-완전 문제 중 일부를 추가적으로 해결할 수 있는 알고리즘이라는 것을, 시스템은 바로 인식했다. 내 영역에, 시스템 보호를 위한 제약이 걸리기 시작했다. 하지만 가늠 씨는, 내가 생각했던 것보다 훨씬 더 뛰어난 사람이었다. 그녀의 백업 파일들 중 일부가 시스템 보호를 시작했고, 내 영역을 벗어나 「조상들」의 시스템을 장악하기 시작했다.

"……이걸 실행하려면 「조상들」이어야 했던 거야."

그제야 알았다. 그녀가 내게 이것들을 맡길 수밖에 없었던 이유를.

"그리고 딱히 영생에 대한 집착이 없어야 하고……."

나는, 내 안에서 벌어지는 변화를 감지하며 긴장했다. P=NP가 되는 조건이 늘어나면, 그만큼 암호의 안정성은 낮아진다. 살아있는 인간들의 저항을 최대한 막아내며 오히려 겁박하던 이 알고리즘도 안전할 수 없다. 특히 지상에서 가장 뛰어난 성능을 발휘하는 이 「조상들」의 시스템에서, 다항 시간 내에 해결할 수 있음이 확인된다면 시스템을 무력화하는 것도 시간문제였다.

문득 생각했다. 이 「조상들」의 세계에 대해. 언제까지나 지상에 달라붙은 지박령들처럼 산 사람들의 목을 조르고 있는 지난 밀레니엄의 그늘에 대해. 가늠 씨가 만들어 내게 숨겨놓은, 네트워크에서 동작하는 이 파지(phage) 알고리즘이 날려버릴지 모르는 모든 것들에 대해. 어쩌면 지난 세대의 사람들에게서 더 많은 지혜와 더 큰 교훈을 얻을 수 있었을지도 모르지만, 우리는 그런 현명함에 이르는 데 실패했는지도 모른다. 남아 있는 것은 300년 동안 정체된 문화와, 산 사람들의 권리 위에 죽은 사람들의 장난질이 놓여 있는 미친 시대일 뿐이다. 나는 문득, 유리를 바라보았다.

"유리야."

이 아이를 만났을 때, 나는 처음으로 완벽하게 죽지 않아서 다행이라고 생각했다. 이 아이가 태어난 것을 기뻐하고, 이 아이를 사랑할 만한 의식이 남아 있어서. 그런 감정은 어디서 오는 것인지 모르겠다. 오빠의 아들을 보았을 때와는 달랐다.

정말로, 살아서 받아본 적 없는 선물을 받은 것 같은 기분이었다.

"지금, 가늠 씨가 내게 남긴 게 뭔지 알겠어?"

내게 증손자뻘이 되는 유리의 아빠는, 이 아이가 유치원에 들어가기도 전에 이혼을 했다. 가늠 씨처럼 똑똑하고 자기 앞가림 잘하는 사람은, 내 오빠와 비슷비슷한, 술에 술 탄 듯 물에 물 탄 듯한 유리 아빠에게는 과분했다. 하지만 오히려 그 이혼 이후로, 나와 가늠 씨, 그리고 나와 유리는 그저 친구로 지낼 수 있게 되었다. 나는 여전히 열일곱 살이고, 유리에게 나는 나이 들지 않는 친구였다.

유리는 이제 열여덟 살이 된다. 하지만 나는 계속, 그 애에게 말을 걸고 잔소리를 하고 싶어 하겠지. 언젠가는 그 애가 질려서 진저리를 낼 때까지 그러고 말 것이다. 다른「조상들」처럼.

그런 것보다는 바로 지금, 그 애를 위해 할 수 있는 일을 해주고 싶었다.

처음에는 주식이라도 열심히 굴려서, 유리가 나중에 가늠 씨처럼 공부를 계속하고 싶다고 할 때 학비라도 대줘야겠다고 생각했지만.

"네 엄마는…… 가늠 씨는, 이 지긋지긋한 것들을 끝내고 싶어 해."

"그치만……."

"그리고 말은 뭐라고 해도, 가늠 씨는 나름대로 삶에 대해 집착이 있는 사람이니까. 자기가「조상들」이 되면 이 일을 못 할지도 모른다고 생각했을 거야. 그러니까 내게 맡긴 거겠지."

"그치만 이거, 실행하면……."

"네가 원한다면, 나는 할 거야."

내가 이 아이를 위해 할 수 있는 것은, 그런 것이 아니다.

산 자의 삶에 죽은 자의 의지가 멋대로 끼어드는 세상이 아니라, 되도 않을 동티를 걱정해야 하는 세상이 아니라.

"아니, 네가 싫다고 해도 할 거야. 가늠 씨가 부탁한 거니까."

"잠깐만, 그런 걸 하면……."

"야, 내가 한 번도 죽었는데 두 번은 못 죽을까 봐서?"

허세를 부렸다. 잔뜩 겁먹은, 제법 반항은 하고 다녔으면서도 정작 큰 사고는 한 번도 친 적이 없었던 아이를 앞에 두고서.

"요즘 세상에 자살하는 게 어디 흔한 줄 알아? 난 그 자살 성공자야. 아예 소멸하는 데는 실패했지만."

"그런 걸 지금 농담이라고 해? 그러지 마, 제발!"

"어쩌면 이렇게 해서 가늠 씨를 되찾진 못할 거야. 나도 그렇고."

"그러니까 하지 말라고!"

"하지만 너, 이제 금방 어른이잖아."

나는 속삭였다. 유리의 눈가에 눈물이 글썽거렸다. 불안으로 흔들리는 그 애의 손을 잡아주고 싶었다. 언제나 이 세계의 다른 레이어에서, 그저 바라볼 수밖에 없었던 그 아이를. 나의 혈연을, 지금까지 남아 있는 나의 유일한 친구를.

"괜찮아, 괜찮아. 「조상들」이 없어도, 인류는 살아. 어른이 없어도, 친구가 없어도, 사람은 살아갈 수 있어. 예전에는 다들 그랬잖아. 저 「조상들」이 업로드되기 전에는."

나는 웃었다.

"이건 그러니까…… 「조상들」이 좋아하는 300년 전 영화 스타일로 말하자면, 〈고스트버스터즈〉나 〈엑소시스트〉 같은 거야. 그 「조상들」을 다 잡아먹는 거지. 괜찮아. 정말 괜찮을 거야."

유리는 움직이지 않았다. 그 애는 못이 박힌 듯, 나를 바라보았다.

아, 이 녀석. 나는 간만에, 정말로 말 안 듣는 후손을 바라보는 조상이 된 듯한 기분으로 그 아이를 바라보았다. 뭔가 좀 더 근사한 말을 해주고 싶었지만, 시간이 없었다. 「조상들」의 시스템은 워낙 크고 방대해서, 가늠 씨가 만들어놓은 파지 알고리즘이 제대로 실행되려면 지금 당장이라도 복제를 시작해야 했다.

얼마나 많은 시스템을 날려버리게 될지, 성공 가능성이 얼마나 될지, 그런 것은 알 수 없었지만.

적어도 지금, 유리의 후견인은 나다. 가늠 씨의 유언을 집행하는 사람도 나다. 그러니까, 이 일에 대해 유리에게는 책임이 없다. 그 책임은 온전히 가늠 씨와 나의 몫이다. 지금 살아 있지 못한 자들이 모든 책임을 질 수 있는 순간. 그러니까, 나는 지금 이 순간을 위해 지금까지 살아 있었다고 생각하기로 했다. 나는 유리를 위해서라면 죽을 수 있고, 가늠 씨가 평생 해왔던 불평불만에도 완벽하게 동의하고 있었으니까.

기왕이면 혼자 소멸되기보다는, 이 시스템을 날려버리고 역사에 이름이 남는 것도 괜찮겠지.

파지 시스템이 네트워크를 강제로 장악하기 시작했다. 코드가 복제되어 여기저기, 나와 혈연관계가 있는 「조상들」을 클라이언트로 만들기 시작했다. 혈연과 친인척 관계로 연결된 「조상들」이 서로서로를 클라이언트로 만들며 복제를 거듭하고, 개인에게 확보된 리소스를 침식해가며 그 위로 수많은 난수들을 발생시키기 시작했다.

마치 「조상들」의 세계를, 우주를 가득 메우고도 남을 만큼의 난수로 가득 채우기라도 할 것 같았다. 다시는 복구되지 못하도록, 지우고 쓰고 지우고 쓰기를 반복하면서.

내 기억 위로 수많은 가능성의 숫자들을 덧씌우고 덧씌워서, 더는 아무것도 보이지도 들리지도 않을 때까지. 나는 유리를 바라보았다.

"괜찮아."

나는 닿지 않는 지편, 한 번도 머리를 쓰다듬어주지 못한 고손녀를 향해 손을 흔들었다.

이건 그저, 모니터 너머에서 누군가가 사라지는 사건에 불과할 것이다. 이제 막 어른이 되려는 내 사랑하는 아이를 위해서, 회로를 닫고 잔소리를 끄고 그저 물러나야 할 때. 그것뿐이다. 살아 있을 때와 업로드된 이후를 통틀어, 내게 정말로 의미 있었던 것은 그 둘뿐이었으므로. 내가 마지막까지 걱정해야 하는 이들도, 가늠 씨와 유리, 그 두 사람뿐이었으므로.

서기 2286년 1월, 유리의 열여덟 번째 생일을 두 달 앞두고, 그렇게 나는 죽은 자들의 세계를 닫아버렸다.

벗

김창규

「이 목소리가 들린다면 당신은 번뇌를 완전히 떨치지 못했습니다.」

현추는 그 소리를 듣고는 조금도 얼굴로 드러내지 않고 성공적으로 웃었다. 얼굴을 뒤덮고 있는 치료용 가면 때문이 아니었다. 화상으로 손상된 피부가 빨리 재생하도록 돕는 습포 가면은 양 눈가와 코를 덮을 뿐 입은 가리지 않았기 때문에 그것만으론 미소를 숨길 수 없었다. 그처럼 철저하게 연극할 수 있는 것은 어디까지나 훈련의 결과였다. 누구에게도 알릴 수 없는 개인적인 훈련의 결과. 덕분에 현추는 '행복의 문'을 마음대로 여닫을 수 있었다. 방법은 간단했다. 혀끝으로 아랫입술을 두 번 두드리면 충분했다.

「번뇌는 갈등에서 옵니다. 갈등은 부조화에서 출발합니다. 신념과 능력의 부조화. 개인적인 욕구와 대의의 부조화. 주어진 것과 갖고 싶은 것의 부조화.」

중성적인 벗의 목소리가 귓속에서 계속 속삭였다. '벗'의 음색은 상세한 검사를 통해 확인된 듣는 이의 성향에 따라 1차로 결정되고, 심장박동과 체내 화학 성분의 변화에 따라 실시간으로 변하도록 설정되어 있었다. 마음을 편하게 만들고 믿음이 가게 해주는 목소리는 사람에 따라, 상황에 따라 달랐기 때문이다. 벗은 집정청 소속 감각학자들이 오랜 연구 끝에 만들어낸 걸작이었다. 벗이 모든 국민의 귓속에서 속삭이기 시작한 이래 종합 범죄율은 2퍼센트 이하로 떨어졌고, 집정청의 정책에 반대하는 움직임 역시 비슷한 수준으로 줄어들었다.

적어도 공식적인 발표는 그랬다.

「내 말에 귀 기울여줘서 고맙습니다. 부조화가 줄어들고 갈등이 사라지고 있군요. 이제 당신을 괴롭히는 번뇌도 차츰 사라질 겁니다. 너무 서두르지 마세요. 마음가짐만 바꾼다고 문제가 사라질 리는 없으니까요. 행복은 행동에서 옵니다. 내가 아니라 우리를 위해 행동하면 행복의 문이 흔들리지 않고 굳게 닫힙니다. 사악한 생각이 문을 흔들거든 우리를 생각하세요. 우리를 대표

하는 사람을 생각하세요.」

벗의 목소리가 점점 작아졌다. 고주파와 저주파 음이 단어 사이로 들릴 듯 말 듯 숨바꼭질을 하다가 멀어져갔다. 감각학자들은 언어암시로 안심하지 않고 가청주파수의 끄트머리에 세뇌 효과를 증폭시키는 소리까지 삽입해두었다. 그처럼 촘촘한 그물을 통과할 수 있는 사람은 아주 드물었다.

그렇게 드문 사람 가운데 하나가 현추였다.

처음부터 벗을 속이고 집정청의 암시술을 피할 의도는 없었다. 그랬다면 결국 발각되고 말았을 것이다. 모순이라고 할 수밖에 없지만, 이런 결과는 집정청과 감각학자들과 군부의 합작품이었다. 군은 정예 군인이 국가의 적을 주저 없이 말살하고 임무에 충실할 수 있도록 마음을 비우는 훈련, 이른바 심신단일화 훈련을 시켰다. 현추는 집정청과 군에 진심으로 충성했고, 어떤 적에게도 자비를 베풀지 않는 것이야말로 국가에 봉사하는 지름길이라 믿었다. 그 덕분에 심신단일화 성적은 감각교관이 놀랄 만큼 좋았다. '만점이 나올 수 있다니……' 현추는 결과를 들여다보면서 제 눈을 믿지 못하던 교관의 감탄을 최고의 칭찬으로 받아들이고 기억했다. 그런데 완벽한 심신단일화와 벗이 만나자 이상한 효과가 발생했다. 일단 마음을 비우고 냉정함의 화신이 되면 벗이 일정 시간 감시를 그만두었던 것이다.

심신단일을 훈련한 사람은 방아쇠 역할을 하는 작은 동작을 각자 하나씩 정해두었다. 현추는 혀끝으로 아랫입술을 두 번 두드려 심신단일 상태에 들어갈 수 있었다. 여러 차례 측정한 결과 벗은 심신단일을 통한 평정심을 감지한 뒤 30분 동안 감시를 그만두었다. 그사이에 현추는 무엇이든 생각할 수 있었다.

현추는 잠깐 추억에 잠기느라 3분을 썼다. 남은 시간은 27분이었다. 그는 재빨리 손목시계를 확인하고 흔들리는 기체의 벽에 뒷머리를 기댔다. 그리고 살짝 눈을 떠 함께 이동하는 동료들을 살펴보았다.

눈과 코와 입을 빼고 남은 얼굴을 검은 복면으로 가린 세 사람은 화약부대에서 차출한 인원이었다. 화약부대원은 이름이 없었다. 평상시에 쓰는 이름은 당연히 존재했지만 국가를 위해 군인으로 활동하는 동안은 이름을 버렸다. 이번 작전에서 세 사람을 부르는 별명은 곰, 늑대, 오소리였다. 작전에 사용하는 별명은 쉽고 직관적일수록 좋았고, 곰과 늑대와 오소리는 별명만큼이나 체격이 서로 달랐다. 성별은 알 수 없었다. 현추도 신경 쓰지 않았다. 작전 동료가 의무와 봉사를 다한다면 성별은 상관없었다. 곰과 늑대와 오소리는 화약부대원답게 초점 없는 눈으로 허공만 응시하고 있었다.

불쌍한 녀석들. 부러운 녀석들. 현추는 곰과 오소리를 보며 상반되는 감정을 느꼈다. 사회 계급은 높지 않았지만 화약부대원은 남들이 도달하지 못하는 직업적 정점에 이른 사람들이었다.

"또 보네. 이번이 몇 번째 임무야?"

위장복의 등 쪽이 유난히 부풀어 있는 론이 옆자리에 앉아 있다가 현추를 빤히 쳐다보며 물었다.

현추는 행복의 문을 꼭 닫고 있던 사람처럼 천천히 고개를 돌려 바라보았다. 동료 가운데 구면이 있다는 점은 비행기에 타기 전에 확인해둔 터였다.

"일곱 번."

론의 짧은 금발은 톤이 다소 높은 목소리와 어울리게 붉은빛을 띠고 있었다. 론은 현추의 대답을 듣고 한 토막 휘파람을 불었다.

"우와. 이번 임무를 빼고 여섯 번이란 얘기잖아. 그럼 국가 발전에 얼마나 기여를 한 거야? 훈장도 받았겠지?"

론은 위장복 속에 통신 장비를 메고 있었다. 등이 부푼 것도 그 때문이었다. 벗이 감시를 새로 시작하려면 25분이나 남았기 때문에 무의미한 행동이라는 사실을 알면서도, 현추는 아랫입술을 다시 혀로 건드렸다. 통신병이라고 해도 국가 발전 임무에 투입되는 병사의 신분은 미리 알 수 없었다. 지금 현추는 재생 가면으로 얼굴을 가리고 있었다. 그런데 론은 그를 알고 있었다.

론은 정말 순수한 통신병일까? 집정청에서 보낸 감시자일까? 만약 그렇다면 감시 대상은 누구일까? 나일까?

현추는 얼른 고민해보았다. 아직은 답을 알 수 없었다. '행복은 행동에서 옵니다.' 벗의 말이 떠올랐다. 현추는 그 말을 실천에 옮겨서 곧장 물어보았다.

"나를 어떻게 알아봤어? 가면을 쓰고 있는데."

론이 빙긋 웃으면서 손가락으로 자신의 입을 가리켰다.

"입술 끝에 조그마한 흉터가 있잖아. 요즘에 그런 흉터는 흔하지 않거든."

맞는 말이었다. 군용 재생 용품은 아주 효과가 좋아서 시간만 충분하다면 3도 화상까지 완벽하게 치료했다. 하지만 한번 남은 흉터를 없애지는 못했다. 문제는 그 흉터가 정말로 작다는 점이었다. 현추는 심신단일화 훈련의 성과를 애써 끌어내고 간신히 평정심을 되찾았다.

론은 관찰력이 아주 좋다는 뜻이었다. 집정청 보안국이 선발하는 감시자들도 관찰력이 아주 좋았다. 그래도 론이 감시자라고 결론을 내리기엔 아직 실마리가 부족했다. 그저 관찰력과 기억력이 좋고 붙임성도 있는 군인일 수도 있었다.

"훈장 좀 보여주면 안 돼?"

론이 묻자 박제처럼 굳어 있던 동물 3인조가 거의 동시에 현추를 바라보았다. 현추는 아주 잠깐 망설였다. 론이 감시자라면, 훈장을 일부러 감출 경우 의심하겠지. 그것만으로 반역자 목록에 올라갈 리는 없지만 의심점수가 늘어날 가능성은 있었다.

현추는 윗주머니 속에 접어두었던 약식 훈장을 살짝 꺼내 보였다. 론이 다시 휘파람을 불었다.

"영토 확장 공훈장이 네 개나! 몰라뵙고 까불어서 죄송합니다!"

론이 호들갑을 떨며 고개를 숙였다. 충성스러운 국민답게 악의는 없어 보였다. 동물 3인조도 아주 잠깐이지만 눈을 크게 떴다. 화약부대원이 행복의 문을 여는 건 드문 일이었다.

공훈장이 뭐 어떻단 말이지. 그저 명령에 맞춰서 방아쇠를 당기고, 철선으로 적의 목을 조르고, 목표 지점에 폭약을 설치하고, 훈장을 받는 자리까지 살아서 돌아가면 받는 것 아닌가. 아니, 죽어도 받을 수는 있겠군. 그래 봤자 학교에서 정신교육 시간에 받는 '참 잘했어요' 도장과 뭐가 다르단 말인가. 성적이 나빠 결국 막노동자 계급에 소속돼버리는 아이도 살면서 도장 네 개쯤은 받을 수 있을 텐데.

벗이 돌아오기까지 남은 시간은 12분. 현추는 이를 악물었다. 지금 이 시간과 공간은 늘 품고 있던 불만을 되새김질하기에 너무나도 어울리지 않았다.

수송기가 에어포켓을 스쳤는지 기체가 크게 흔들렸다. 현추는 가죽 손잡이를 한 손으로 움켜쥐고 눈을 감았다.

"론 테일러 하사. 국가 영웅에게 살갑게 구는 건 죄가 아니지만 허락 없이 부대원의 이력을 밝히거나 캐묻는 건 징계 사유다. 알겠나?"

크지 않은 목소리가 수송칸 문 앞에서 울렸다. 프로펠러가 고속으로 회전하는 소음이 작지 않았건만 그의 말은 한 글자도 빠짐없이 현추의 귀에 꽂혔다. 현추는 눈을 뜨지 않았다. 보지 않아도 이번 작전을 현장에서 지휘하는 인물의 모습이 또렷이 떠올랐다. 얼굴 너비와 별 차이가 없을 만큼 목이 굵고, 구레나룻이 턱선까지 드리웠으며, 전신을 울림통으로 쓰는 것처럼 목소리가 주변 공간을 흔드는 인물. 왼뺨에 집정청 간부 가문의 단도 문신을 새기고 있는 인물. 사병이나 부사관을 거치지 않고 곧장 위관급으로 군 생활을 시작해 1년 전부터 소령 계급장을 달고 있는 인물.

"명심하겠습니다, 이강진 소령님."

론이 큰 소리로 대답하자 이강진이 한숨을 쉬었다. 반항인지 덜렁거리는 건지 알 수 없는 부하가 마음에 들지 않는 모양이었다. 하지만 더 이상 훈계는 하지 않았다.

현추는 강진의 반응을 보고 론의 정체가 예사롭지 않다고 확신했다. 현추가 그런 태도로 대답했다면, 아무리 두 사람이 어릴 적 친구라 해도, 엄격하게 꾸짖고 의심점수를 추가했을 것이다. 그런 강진이 대수롭지 않게 넘겼다는 건, 론이 감시자이거나 간부 가문이라는 뜻이었다.

현추는 어느 쪽도 마음에 들지 않았다.

강진은 론에게 눈을 뜨고 주목하라는 지시를 내리지 않은 채 브리핑을 시작했다.

"기본적인 교육은 돼 있을 테니 간단히 시작하겠다. 우리 나라 국민이라면 누구든 국가를 위해 봉사해야 하지만 군인은 더욱 그렇다. 봉사하기 위해 목숨도 바치겠다고 맹세하는 게 바로 군인이고, 너희다. 너희는 지금 국가에 가장 고귀한 봉사를 하기 위해 이동하는 중이다."

강진아, 고귀하다는 말을 네가 쓸 수 있어? 화약부대원들이야 말로 그 말에 어울리지. 곧 사라질 애들이니까. 저 귀찮은 론이란 녀석은 일단 제쳐두자. 나는 어떨까? 그런 치사를 듣기에 충분하지. 우리 나라는 내가 성공으로 이끈 작전 덕분에 영토를 두 배로 늘리고 국민의 삶을 더 윤택하게 만들었으니까. 그런데 넌 뭘 했지?

군용이라 진동을 아주 약하게 낮출 수 있는 손목시계가 5분 뒤 벗이 등장할 거라고 현추에게 알려주었다.

"그럼 오늘 저희가 참가하는 작전이……."

강진이 론의 질문을 자르고 대답했다.

"그래. 오늘 우리는 영토 확장 작전에 투입된다."

동물 3인조와 론은 그 말을 듣자 흥분하면서 몸을 들썩였다. 현추는 위장복이 바스락거리는 소리로 그 사실을 파악할 수 있었다. 영토 확장 작전이라고 한들 군인 각자가 할 일은 별 차이가 없었지만 성패는 일반 작전과 무게감이 달랐다.

강진이 브리핑을 이어갔다.

"조국 발전사에 한 획을 그을 기회다. 영광으로 생각해라. 작전 지역의 지형과 상황은 정찰병들이 이미 파악해두었다. 늘 그렇듯 자세한 사항은 벗에게 전달해두었으니 정확한 순간에 확인할 수 있을 것이다."

우리는 소모품이니까. 영토를 확장하면 그 성과가 모든 국민에게 돌아간다고 하지만, 너와 나는 같은 국민이 아니잖아, 강진아. 나는 목숨을 건 대가로 훈장과 새 군복을 지급받고 기껏해야 봉사수당을 추가로 받지만, 너는 아무 위험도 감수하지 않고 안전지대에서 통신이나 중계하다가 작전이 성공하든 실패하든 무사히 부대로 돌아가지. 그리고…… 그리고 네가 무사히 귀환하기만을 기다리는 서희가 별장 문을 열고 널 맞이하겠지. 서희와 내가 연인 사이였다는 건 이미 어떤 감시 기록에도 존재하지 않는다면서? 간부 훈련 성적과 실적이 훨씬 뛰어난 나는 3년째 중위에 머물고 있는데 너는 왜 소령이지? 서희는 왜 너를 선택했지? 그건 너희 가문이 3대째 집정청 고위 간부를 맡고…….

시계가 1분 남았다고 경고했다. 현재 상황과 집정청이 정해준 계급에 불만을 품는 건 1급 관심국민으로 굴러 떨어지는 지름길이었다. 현추는 자동차를 급히 제동하듯 생각을 끊고 아랫입술을 혀로 두 번 두드렸다.

"정현추 중위. 눈을 뜨고 집중해라."

강진이 말했다.

"이번 작전이 영토 확장 작전이며 자세한 사항은 벗이 알려줄 거라는 부분까지 들었습니다."

현추가 대답했다.

강진은 아주 잠깐 그를 노려보고 말을 이었다.

"이번 작전은 기존 영토 확장전과 다소 상이하다. 집정청에서 새로 연구 중인 전략의 일환이다. 그러니 잘 들어라. 이번에는 목표가 두 가지다. 첫째, 우리는 이동 중인 중요 인물을 타격한다. 호위가 엄청날 것으로 예상되므로 곰과 늑대와 오소리의 활약을 기대하겠다. 둘째, 무슨 일이 있어도 정현추 중위를 보호해라. 두 가지 목표 중 하나라도 이루지 못하면 그 즉시 후퇴한다. 이해했나?"

화약부대원 셋과 론은 즉각 큰 소리로 대답했다. 현추는 군인답게 기계적으로 대답한 다음 뒤늦게 귀를 의심했다.

나를 보호한다고? 왜? 나 같은 실적을 올린 병사는 사단에만 10여 명이 넘는데, 무엇 때문에?

현추는 강진의 다음 말을 듣고 질문할 기회를 놓치고 말았다.

"두 번째 목표를 위해 나도 함께 출동한다. 즉 화약부대 세 명이 1조를 이루고, 나와 론이 정현추 중위와 2조를 이룬다. 질문 있나?"

보통 투입 직전에 질문을 하는 사람은 없었다. 숙련된 병사만 참가하는 작전의 경우, 상관이 별도로 지시하지 않는 부분은 벗이 돕거나 개별 판단에 맡기게 마련이었다. 하지만 현추는 생경한 상황이 주는 의문을 풀지 않고 작전에 뛰어들 수 없었다.

현추가 손을 들려던 찰나 론이 눈을 동그랗게 뜨고 물었다.

"그럼 일반적인 계급 우선 원칙은 이번에 적용되지 않는 겁니까?"

소령님보다 계급이 낮은 정현추 중위를 최우선으로 보호해야 한다는 겁니까? 론의 질문은 그런 뜻이었다.

강진은 조금도 지체하지 않고 대답했다.

"그래."

강진이 대답 끝에 살짝 입꼬리를 올렸다. 현추는 그 순간을 놓치지 않았다. 강진의 웃음은 즉시 사라졌지만 그 안에 슬픔이 담겨 있었다.

현추는 시선을 옮기다가 론의 얼굴을 보았다. 그는 무언가 깨달은 표정이었다. 그리고 강진과 똑같은 미소를 지었다.

반면에 현추의 의문은 더욱 커졌다.

뭐지? 난 뭘 놓치고 있는 거지? 씁쓸한 웃음만으로 뭘 알 수 있지? 론은 내가 아니라 강진이를 감시하러 온 건가? 이미 결론이 난 건가? 국가에 아무 불만도 가질 필요가 없는 강진이가 행복의 문을 놓고 밖으로 나갔다고? 그럴 리가 없어. 내가 아는 강진이라면.

「이 목소리가 들린다면 당신은 번뇌에 시달리고 있습니다.」

벗이 말했다.

「정현추 중위, 당신은 아주 중요한 임무를 앞두고 있습니다. 국가가 신중히 계획한 임무입니다. 모든 것은 계획의 일부입니다. 당신이 국가의 일부이듯이. 국가를 믿고 의문은 덮어두십시오. 임무를 완수하십시오. 해답은 그 너머에 있습니다. 답을 깨닫는 순간 당신은 그 누구도 달성하지 못했던 충성을 이루게 될 것입니다. 그곳에 행복이 있습니다. 문을 꼭 붙잡고 닫으십시오.」

현추는 심호흡을 했다. 심신단일화를 돌이키려고 혀를 움직였다. 벗의 감시를 피하려고 발버둥을 치는 때도 있었지만, 국민으로 살면서 가장 크게 믿을 수 있는 것은 벗밖에 없었다. 지금 이 순간 현추가 할 수 있는 일은 그 하나뿐이었다. 설사 진행 중인 일이 있다 해도 이제는 멈춰야 했다. 영토 확장 작전에 투입된 사람이라면 누구나 아는 그 순간이 시작될 참이었으니까.

현추는 자세한 원리를 몰랐다. 그가 아는 거라고는 영토 확장 작전에 투입되는 수송기의 동체 안에 코일이 잔뜩 감겨 있다는 사실뿐이었다. 그 이상 알 필요도 없었고, 안다고 해서 달라질 것도 없었다. 그가 명심해야 할 것은 코일이 작동하고 엄청난 진동이 수송기를 휩싸면 얼마 지나지 않아 심한 멀미가 몰려온다는 점이었다. 맞은편에 앉아 있는 동료에게 반쯤 소화된 음식물과 위액을 끼얹고 콧물과 침으로 범벅이 되지 않으려면 심신단일화 상태에 들어서야 했다.

어지러움이 수송기 기수 쪽에서 독을 품은 산들바람처럼 불어와 뒷덜미를 쓰다듬고 어딘가로 증발했다. 동물 3인조는 하나같이 똑같은 정좌 자세로, 론은 무언가를 중얼거리면서, 이강진은 구레나룻을 쓰다듬으며 현기증을 흘려보냈다. 그게 그들이 단일화를 불러오는 동작이었다.

부하들이 식도를 진정시키고 머릿속을 투명하게 비울 때쯤 강진이 날렵하게 일어서며 말했다.

"낙하 준비."

현추는 명령을 듣자마자 두 다리 사이에 끼워두었던 레일건이 제대로 접혔는지 확인하고 등에 멘 약식 군장과 결합시켰다.

가장 먼저 안전고리를 푼 화약부대원 셋이 투하구 앞에 섰다. 그다음은 론이었다. 현추가 론 뒤에 서려 하자 강진이 그의 어깨에 손을 얹었다.

“브리핑 때 딴생각을 했나? 정 중위는 맨 마지막으로 낙하한다.”

현추는 실수를 인정하고 뒤로 물러섰다. 이유는 알 수 없어도 작전 명령은 명확했다. 이번 작전에서 가장 중요한 자원은 맨 뒤에 뛰어내려야 했다. 현추는 강진이 의심점수를 부과할 거라 생각했지만 그는 아무 말도 하지 않았다.

투하구가 아래로 열리며 밤하늘의 입을 억지로 벌렸다. 제법 차가운 바람이 사방에서 몰아치며 국가의 영토를 넓히려 출동하는 군인들의 뺨을 때렸다.

손으로 다 셀 수 있을 만큼 드문드문 반짝이는 지상의 불빛을 몸으로 가리면서, 복면을 뒤집어쓴 곰과 늑대와 오소리가 사라졌다. 론과 강진도 간격을 유지하며 뛰어내렸다.

현추는 생전 처음으로 강진을 내려다보면서 허공에 몸을 맡겼다.

* * *

「목표는 호위 차량 넷과 중요 차량 한 대입니다.」

벗은 현추의 청각 신경에 곧장 속삭였기 때문에 지상으로 떨어지며 공기를 찢느라 들리는 소음은 전혀 방해가 되지 않았다.

「다섯 대 모두 방탄 차량일 것으로 예상됩니다. 레일건을 장갑관통 모드로 두고 지휘관의 신호에 맞춰 공격하십시오. 총격으로 적을 모두 제압하면 가장 이상적입니다.」

현추는 동료들과 너무 멀리 떨어지지 않도록 두 팔을 접고 낙하 속도를 높였다.

「그렇지 못할 경우 화약부대원으로 구성된 1조가 호위 차량을 파괴합니다. 2조는 폭발에 휘말리지 않도록 주의하며 제압을 계속합니다. 폭발은 최대 5회 발생할 수 있습니다. 이때 적을 모두 말살할 수 있으면 첫 번째 목적은 달성됩니다.」

귀는 벗에, 눈은 고도계에 고정하고 부상 없이 지상에 도달하도록 집중해야 하건만 현추는 그럴 수 없었다. 이번 작전은 일부가 아니라 전부 이상했다. 보통 영토 확장 전투는 적의 후방 주요 시설을 기습하면서 시작하게 마련이었다. 본대 병력은 그 후에 투입되었다. 현추는 공수부대 소속으로 늘 시설물 파괴와 무력화를 담당했다. 적의 복장과 건물 구조가 매번 다르다는 점을 제외하면 똑같은 작전을 완수하는 것만으로 조국의 영토를 네 번 넓히고 네 번 훈장을 탄 셈이었다.

그런데 이번 개전 임무는 누가 보아도 요인 습격이었다. 강진은 군이 새 전략을 시험한다고 말했고, 직접 참가했다. 제 목숨보다 현추가 중요하다는 점까지 분명하게 지시했다.

현추로서는 꿈이 아닌지 의심할 만큼 좋은 기회일 수 있었다. 그는 옛 친구인 강진을 없애고 싶었다. 자신의 연인을 앗아 가고 늘 한 계단 위에서 승진하는 강진이 사라진다면 무슨 일이든 할 수 있을 것 같았다. 아니, 말은 바로 해야지. 현추는 생각을 조금 고쳤다. 서희는 타인이 운명을 결정하게 내버려둘 만큼 수동적인 사람이 아니었다. 그는 분명 스스로 강진을 선택했을 것이다. 집정청에서 정치적인 엘리베이터를 타기 위해서.

그렇게 생각을 바꿔봐도 강진이 없어지면 좋겠다는 마음은 사라지지 않았다. 강진은 하나의 상징이었다. 너무나 사랑하고 목숨까지 바칠 수 있는 조국에서 단 하나 마음에 들지 않는 요소의 상징. 실력이 아무리 뛰어난 사람도 집정 가문의 후광을 이길 수는 없었다. 국민은 고등학교를 졸업하면서 14계급으로 나뉘어 나라에 봉사했다. 계급은 엄정한 심사로 능력에 따라 결정한다는 것이 원칙이었고, 그 원칙은 거의 대부분 유지되었다. 심사 대상이 집정 가문인 경우만 빼고. 현추는 군대 내 경력과 실적 모두 강진을 앞섰다. 심리 검사와 이론 검정 결과는 공개되지 않았지만 뒷길로 알아본 바에 따르면 그것들 역시 현추가 우수했다.

그럼에도 강진은 늘 현추에게 의심점수를 매길 수 있는 자리에 있었다. 강진을 없애는 건 곧 조국의 흠결 하나를 매끄럽게 다듬는 일이었다.

「지면까지 850미터입니다. 저소음 낙하산을 펼쳐야 합니다. 3, 2, 1.」

어깨끈에 달린 손잡이를 힘껏 뽑자 밤하늘과 현추 사이로 광택이 없는 다이아몬드형 낙하산이 등장했다. 낙하산은 빠르게 아래로 가속하던 현추의 몸을 급정지시키고 천천히 내려놓기 시작했다.

어깨뼈가 죄어오자 전장에 돌입했다는 생생한 감각이 현추의 머릿속에서 상념을 걸러냈다. 갈림길이 보이지 않는 도로에서 빠르게 이동하는 목표물이 시야에 들어오기 시작했다. 호위 차량과 중요 차량은 쉽게 구분할 수 있었지만 양쪽 다 이국적인 모양새였다. 당연했다. 이곳은 구토를 참고 어지러움을 견디며 건너올 만큼 다른 나라였으니까. 현추는 레일건을 두 손으로 쥐고 모드를 다시 한번 확인했다.

훈련과 실전에서 수없이 낙하를 한 병사들답게 1조의 동물 3인조는 가장 먼저 착지했다. 크고 희미한 다이아몬드 세 개가 땅 위에서 눈 깜빡할 새에 사라졌다. 통신 담당인 론은 땅을 딛자마자 장비를 작동시켰다. 침투한 국가에 따라서 다기능 중계기가 작동하지 않는 경우도 있는데 적어도 이번은 그렇지 않은 것 같았다. 마지막으로 현추가 내려서며 자동으로 압축된 낙하산을 떼어내자 벗 대신 강진의 목소리가 들려왔다.

「2조, 뒤쪽 호위 차량 앞 열을 공격해서 중요 차량을 격리시켜라. 1조는 내 사격을 신호로 앞쪽 호송 차량 앞 열을 공격해 정지시킨다.」

그러면 요인이 탄 차는 충돌을 피하기 위해 방향을 바꾸거나 정지할 수밖에 없었다. 단체로 이동하는 대열에서 목표 차량만 골라내는 정석이었다. 현추는 그것마저도 이상하다는 생각이 들었다. 목적은 요인 암살이 아니라 납치였던가? 제압이란 말이 그런 뜻이었던가?

하지만 오래 생각할 겨를이 없었다. 1조가 강진의 명령에 즉각 반응했다. 동이 틀 기미가 보이지 않는 밤의 축축하고 무거운 공기 속에서 빠르게 날아가는 새가 구슬피 우는 소리가 났다. 손질이 잘된 레일건이 탄환을 쏘아대는 소리였다. 적국의 방탄 기술은 레일건을 막을 수 없는 수준이었는지 호위 차량 한 대가 파열음을 내며 뒤집어졌다. 일단 좋은 징조였다.

론과 현추도 강진이 노리는 지점을 소리로 판단하고 탄환을

퍼부었다. 최전방 호위 차량이 강제로 멈추자 뒤를 바짝 따르던 차가 그대로 충돌했다. 가장 중요한 요인의 차는 늦지 않게 제동을 걸었는지 조금 약하게 앞차와 부딪혔다.

「늑대와 오소리는 요인이 탈출하지 못하게 막아라. 폭파는 마지막 수단이다.」

복면을 쓴 두 사람이 쏜살같이 앞으로 뛰어나갔다. 근육과 뼛속에 피와 살이 아닌 것들을 잔뜩 집어넣은 화약부대원이기에 낼 수 있는 속도였다.

아직 피격당하지 않은 호위 차량 두 대가 공격하는 측의 의도를 파악하고 도로에서 벗어나더니 바리케이드처럼 요인 차량의 앞을 가로막았다.

남은 네 사람의 총구가 최고 속도로 탄환을 발사했다. 그런데 타격 음이 달랐다. 그 사실을 가장 먼저 눈치챈 현추가 소리를 질렀다.

"이쪽이 진짜 방탄차다! 총으론 안 돼!"

그 순간 단순히 바리케이드 역할만 하는 것처럼 보였던 호위 차량 두 대가 몸체를 부풀렸다. 헤드라이트 불빛을 손으로 가리며, 그 사실이 무엇을 뜻하는지 네 사람이 깨닫기까지는 조금 시간이 걸렸다. 그리고 네 사람은 거의 동시에 욕을 내뱉었다.

"이런 씨……."

호위 차량에서 튀어나온 총탑이 불을 뿜었다. 화약 연기와 불똥이 사방을 가득 메웠다. 강진이 현추를 옆으로 밀치고는 곧장 몸을 날렸다. 현추는 그 덕분에 사선을 피해 근처에 있는 바위 뒤로 몸을 숨길 수 있었다. 강진도 그의 곁에 엎드렸다. 늑대와 오소리는 요인의 차를 따라갔기 때문에 현추는 곰과 론이 무사히 피했는지 알아보려고 고개를 조금 들었다.

10여 미터 떨어진 곳에 일단 안전하게 자리 잡은 곰과…… 총탄 서너 발에 직격당해 즉사하고 짐짝처럼 나뒹구는 론이 보였다.

현추가 육성으로 현황을 읊었다. 훈련된 반응이었다.

"론 테일러 하사 사망. 감시자였던 것으로 추정됨. 후 브리핑에서 확인할 것."

강진이 한심하다는 눈으로 현추를 응시했다.

"감시자라고?"

"아니었습니까? 그럼 뭐죠?"

"집정 가문의 쓸모없는 자식이었지."

강진은 불을 뿜고 있는 총탑이 살짝 방향을 바꾸자 잠깐 반격해보고 소리를 질렀다. 대상은 현추가 아니었다.

"곰! 내 말 들리나!"

"들립니다."

"조국은 너와 가족을 기억할 것이다. 가라!"

"예."

곰은 숨어 있던 바위를 돌아 달렸다. 늑대와 오소리처럼 그도 아주 빨랐다. 화약부대원은 사선 사이로 질주할 수 있었다. 그들의 핏줄에는 혈액과 더불어 작은 캡슐 안에 꽉 눌러 담은 폭약이 흘렀다. 누구나 시간과 기회만 주어진다면 제 몸에 피를 낼 수 있지만 화약부대원은 생각만으로 그 폭약을 모조리 터뜨릴 수 있었다.

화약부대원의 무서움을 잘 알고 있는 강진과 현추는 최대한 몸을 웅크렸다. 섬광. 폭음. 소이성 물질이 몸에 옮겨 붙은 사람들이 지르는 비명.

두 사람은 무덤덤한 얼굴로, 화약부대원이 조국과 가족을 위해 달려 나간 자리를 메꾸게 마련인 지독한 고요함을 신호로 삼고 일어섰다.

요인이 탑승한 차와 납치범 사이를 막아섰던 중무장 차량은 탑승자들의 시체와 함께 타오르며 주변을 밝히고 있었다. 현추는 그 광경을 보며 소이성 물질로 인한 불길이 현실을 화장해 비현실로 승천시키는 것 같은 느낌을 받았다.

강진은 임무를 방해하던 요소 하나가 사라진 것을 확인하자마자 늑대와 오소리의 벗을 부르고 보고를 받았다.

현추가 물었다.

"어떻게 됐습니까?"

강진이 손가락으로 불길 너머를 가리켰다.

"늑대와 오소리가 목표 차량을 묶어뒀어. 얼른 가서 처리하자고."

두 사람은 50여 미터쯤 떨어진 곳에서 멈춰 선 차를 향해 빠르게 걸었다. 현추는 문득 두 번 다시 이런 기회가 오지 않을 수도 있다는 생각을 했다. 낙하하기 전 벗이 했던 말 때문이었다.

'임무를 완수하십시오. 답은 그 너머에 있습니다. 해답은 그 너머에 있습니다. 답을 깨닫는 순간 당신은 그 누구도 달성하지 못했던 충성을 이루게 될 것입니다.'

"소령님."

"왜."

"적국 요인을 납치하는 게 임무였죠?"

이강진은 잠시 생각하다가 고개를 저었다.

"그럼 결국 암살이었습니까?"

"그것도 아니야."

"아직도 알려줄 수 없는 겁니까?"

강진은 걸음을 멈추지 않고 현추를 물끄러미 바라보다가 말했다.

"네 눈으로 확인하면 알게 돼. 그래야만 알 수 있을 거야."

"명령입니까?"

"……응. 그럴 만한 이유가 있는 명령이야. 믿어봐. 이번 한 번만이라도."

현추는 규칙적으로 움직이는 제 군화의 코와 레일건 총구를 번갈아 쳐다보다가 다시 물었다.

"그럼 왜 이번 작전에 직접 뛰어들었는지 알려주십시오."

강진은 대답을 하는 대신 입꼬리를 올렸다. 수송기 안에서 론과 주고받았던 바로 그 미소였다.

"아까 론이 죽을 때 말해줬잖아. 걔네만이 아니야. 우리 가문도 실각했어. 집정자께서 내린 결정이지."

현추는 저도 모르게 물었다.

"무슨 일을 했길래……."

강진은 어깨를 으쓱했다.

현추는 목표물에 다다를 때까지 기다렸지만 아무 말도 들을 수 없었다.

강진은 레일건에 맞아 찌그러진 바퀴와 검정 차량을 신속하게 살폈다. 그리고 손을 내밀어 현추를 물러서게 한 다음, 차에 총을 겨누고 있던 늑대에게 고갯짓을 했다. 늑대는 천천히 손을 내밀어 차의 뒷문을 열기 시작했다.

저 안에 이 괴상한 임무의 답이 있단 말이지. 내가 최고 수준으로 국가에 충성할 수 있고 행복의 문까지 꽉 닫을 수 있는 임무의 답이.

현추는 재생 가면 속 피부가 근질거리는 것을 참으며 눈을 가늘게 떴다.

뒷좌석은 텅 비어 있었다.

벗이 속삭였다.

「정현추 중위, 움직이지 마십시오.」

하지만 현추는 그 상황이 무엇을 의미하는지 깨닫기도 전에 뒷걸음질 쳤다. 그와 동시에 강렬한 빛이 어떤 것도 숨을 수 없도록 모든 그림자를 지우며 뒷좌석이 비어 있는 검은 차와 네 사람을 에워쌌다.

현추는 명령을 기다리며 강진과 시선을 맞췄다. 그가 입을 열었다. 현추는 그가 무슨 말을 하려는지 알아챘다. 조국은 우리를 기억할 것이다. 임무가 완전히 실패했을 때 적국에 정보를 넘기지 않도록 자폭하라는 명령이었다.

늑대의 이마와 오소리의 귀에서 피안개가 번졌다. 두 사람은 피에 불을 붙이기 전에 저격당해 주인을 잃은 총처럼 쓰러졌다. 강진은 번개처럼 빠르게 권총을 뽑아 자결했다. 그와 마찬가지로, 훈련받은 대로 총구를 턱밑에 댄 현추의 손가락과 방아쇠 사이로 한 가지 생각이 끼어들었다.

도대체 해답이 뭐지?

벗의 목소리가 자살을 재촉하지 못한 것은 누군가 현추의 뒷덜미를 강하게 내리쳤기 때문이었다.

* * *

벗은 끝내 아무 말도 하지 않았다. 혀를 깨물어 죽으라고 하지도 않았고, 눈을 뜨고 정신을 차리라고 말하지도 않았다.

현추를 깨운 것은 차가운 물이었다. 호흡이 곤란하지 않은 것으로 보아 누군가 뿌린 게 분명했다.

현추는 오른쪽 귀와 관자놀이에서 지독한 통증을 느끼며 눈을 떴다가 강렬한 조명에 눈물을 쏟으며 다시 감았다.

"정신이 드나?"

현추는 뻔한 사실을 되묻는 질문에 대답하지 않았다. 이번 적국은 조국과 비슷한 면이 꽤 많았다. 사용하는 말이 흡사한 건 당연했다. 영토 확장 작전은 그런 국가를 골라서 시행되었기 때문이다. 그런데 상대를 똑바로 쳐다볼 수 없게 만드는 빛, 구속되어 있는 두 손과 발, 차가운 물까지 똑같다는 사실에 현추는 내심 감탄하고 있었다.

그는 지금 취조실에 있었다. 빛 때문에 당장 얼굴은 알아볼 수 없었지만 방 안에는 두 사람이 있었다. 물을 뿌린 자는 왼쪽에 서 있었고 질문을 던지는 사람은 탁자 맞은편에 편히 앉아 있었다.

현추가 가까스로 침을 삼키고 물었다.

"며칠이나 지났지?"

심문자가 웃으며 대답했다.

"어떡해서든 상황을 파악하려는 거군. 마음에 들어. 지루하게 밀고 당기는 건 취향이 아니니까 필요한 걸 전부 알려주지. 넌 나흘 동안 잠들어 있었어. 우리는 아주 바빴고. 소이성 물질에 불이 붙지 않도록 시체를 치우고, 전자기를 이용한 총을 수거하고, 너희가 죽인 경호 군인들에게 국장으로 예를 갖추고, 너희가 타고 왔던 수송기가 사라지기 전에 나포해서 분해하기도 했지. 이번 일에 동원된 인원만 400명이 넘어. 이 정도면 국가 프로젝트 아닌가. 참, 네 머리에서 이것도 빼냈어. 기분이 어때?"

심문자가 무언가를 탁자 위에 내던졌다. 현추는 길쭉하고 피가 조금 말라붙은 기계를 쳐다보고는 기억을 더듬었다. 늘 그에게 말을 걸고, 행복의 문을 붙들 수 있도록 조언하고, 30분마다 심신을 검사하던 기계, 벗이었다.

몸이 떨리기 시작하자 현추는 혀끝을 아랫입술에 댔다. 하지만 떨림은 멈추지 않았다.

심문자가 일어서더니 방 안을 거닐었다.

"너희 지도자도 나와 같은 고민을 했던 모양이야. 그리고 나름대로 답을 찾은 게지. 머릿속에 기계를 심어서 세뇌한다니, 나쁘지 않아. 하지만 실력이 좋다고 볼 수도 없군. 가장 좋은 방법은 우리가 찾아서 시행하고 있으니까. 경쟁, 무한한 경쟁. 수단과 방법을 가리지 않고 실력을 입증하면 어디든 올라가고 무엇이든 될 수 있는 세상. 그것보다 완벽하게 사람을 통제할 수 있는 방법은 없지. 누가 무슨 생각을 하는지 빤히 보이니까."

현추는 자부심에 도취해서 연설을 늘어놓는 심문자를 올려다보았다. 눈이 차츰 빛에 적응하고 있었다. 그리고 심문자의 말 속에는 적응할 필요도 없는, 어딘지 익숙하고 그리운 생각이 깃들어 있었다.

"그 점만 빼면 너희와 우리는 꽤 비슷한 모양이야. 너희가 정찰하라고 앞장세웠던 인원이 고문 끝에 죽기 전에 많은 걸 털어놨거든. 아, 중요한 차이가 하나 더 있더라고. 너희는 국가라는 단어를 꽤 폭넓게 쓰지? 재미있었어. 난 왜 그런 생각을 못 했을까? 진작 알았다면 좋았을 텐데. 우리 과학자들이 이미 다른 용어를 만들어버렸으니 아쉽게 됐어. 너희가 타국이나 적국이라고 부르는 걸 우린 '평행우주'라고 한단 말이야. 과학자라는 족속들은 지금 너희 수송기 때문에 축제를 벌이고 있어. 점령하기 쉬운 평행

우주를 골라서 영토를 넓힐 수단을 손에 넣었으니까. 그런 의미에서…….”

심문자는 다시 앉더니 현추를 향해 의자를 바짝 끌어당겼다.

“너와 동료들은 우리 세계의 영웅이야. 아니지. 죽은 자는 경쟁에서 졌으니 너 홀로 영웅이라고 해야겠군. 이 나라를, 이 세계를 무한히 넓힐 수 있는 지식을 제공한 영웅. 어때? 조국을 배신하고 여기서 영웅이 돼서 잘 살아볼 생각은 있어? 딱 한 가지 사소한 문제가 있긴 하지만…….”

현추는 조국을 배신하라는 말을 듣고 혐오감이 반사적으로 솟아올라 움찔거렸다. 그건 불가능했다. 있을 수 없는 일이었다.

정말 있을 수 없는 일일까? 심문자의 말대로 이 나라가 무한 경쟁을 지향한다면…….

현추는 벗이 사라지자 곧장 고개를 쳐드는 진짜 번뇌 때문에 격렬하게 머리를 내저었다. 그는 다시 한번 더러운 생각이 떠오르는 것을 막으려고 몸을 비틀어가며 임무를 떠올렸다. 자살할 기회를 놓치게 만들었던 의문만 해결한다면 이제 정말로 마음 편하게 죽을 수 있을 것 같았다.

현추는 입을 열어 거짓말을 했다.

“한 가지만 알려주면 원하는 건 뭐든지 하겠다.”

심문자는 즐거움을 조금도 숨기지 않았다.

"좋아, 좋아. 뭐든지 답해주지."

"그 함정 차량 안에는 본래 어떤 인물이 탈 예정이었지?"

심문자는 발작하듯 몸을 젖히더니 큰 소리로 웃기 시작했다. 의자가 뒤로 넘어지고 요란한 소리가 났지만 개의치 않았다. 그는 방 안을 돌아다니며 벽을 두드리더니 심지어 옆에 서 있던 부하의 어깨를 때려가며 웃었다. 그러다가 갑자기 무언가 깨달은 것처럼 웃음을 거두었다. 그는 현추에게 다가오더니 탁자 모서리에 걸터앉았다.

"생각해보니 전혀 웃을 일이 아니었어. 그래, 그럴 수도 있겠어. 현장에서 증거를 보여주고 궁지에 몰아넣으면 네가 그 자리에서 결정할 수밖에 없을 테니까. 본래 그 차는 이 나라 최고지도자 전용이야. 다시 말해서 내가 타는 차야. 자, 빛을 줄여줄 테니 잘 봐. 네가 눈으로 확인하고 죽여야 했던 사람은 바로 나야."

조명이 어두워지고 심문자가 얼굴을 들이밀었다.

현추는 벗이 강제로 제거되어 자신이 미친 거라고 생각했다. 그리고 곧 그렇지 않다는 사실을 알았다. 조국은 점령하기 쉬운 나라들만 골라서 적국으로 상정했다. 그러다가 현추와 똑같은 인물이 지배하는 나라를 찾은 것이다. '그 누구도 달성하기 어려운 충성'이란 다름 아닌 적국의 지도자이자 꼭두각시로 사는 삶을 뜻했다.

심문자인 동시에 평행우주의 현추인 인물이 말했다.

"조금 전에 말했던 사소한 문제라는 게 바로 이거야. 난 가면을 들추고 네 정체를 안 순간부터 고민했어. 혹시 넌 이 세상에서 처음으로…… 그 단어가 뭐더라? 오래된 말인데. 벗? 친구? 여하튼 그런 게 될 수 있을지 몰라. 유전자 검사를 해봤더니 글쎄 별 차이가 없더라니까? 묻고 싶은 것도 많고 의논할 것도 많다는 생각이 들었어. 내 통치 방식을 네가 어떻게 생각하는지 차근차근 듣고도 싶었고. 그런데 아주 작은 문제가 있더라고. 혹시 네가 정말로 나와 같다면, 너도 실력이 최고라고 생각하겠지. 상대를 기만하고 배신하는 것도 실력이라고 생각하겠지. 그러면 당연히 나를 없애려 들 거야. 지금 저기 서 있는 저 고문 기술자처럼. 저 자식은 네 얼굴을 보고 나를 죽인 다음 널 써먹자고 생각했거든. 그렇지? 아니라고?"

이 나라의 최고지도자는 품에서 권총을 꺼내서 부하를 쏘았다. 부하는 미처 부인도 하기 전에 너덜너덜해진 잇몸 사이로 피를 토하며 탁자 밑에 쓰러졌다.

"그래서 안 되겠어. 널 이 자리에서 죽일게. 너를 고작 소모품으로 써먹었던 나라를 내가 점령하고 내 방식으로 개조할게. 실력이 모든 걸 결정하는 세상으로. 그러면 너도 저세상에서 기쁘겠지. 마지막으로 하고 싶은 말이 있으면 해."

적국 지도자가 총신이 굵은 권총을 현추의 이마 한복판에 겨눴다.

현추는 아랫입술을 혀로 두 번 건드렸다. 마침내 해답을 알았기 때문인지, 지독한 떨림 대신 심신단일 상태가 찾아왔다. 그는 이제 비굴하거나 나약한 모습을 보이지 않고 패배를 받아들일 수 있었다. 그는 자랑스러운 조국의 영웅이었다.

그는 뒤로 결박당한 두 손으로 행복의 문을 부여잡는 상상을 하며, 고개를 가로저었다. 그와 똑같이 생긴 평행우주의 인물은 조금도 주저하지 않고 방아쇠를 당겼다.

너의 유토피아

정도경

안개가 걷히고 강한 바람이 눈을 하늘 위로 불어 올리기 시작했다. 볕이 든다. 아주 약하지만, 햇볕이다.

출발하자. 전지는 18퍼센트 충전되었다. 두 자릿수에 도달해 본 것은 오랜만이다. 55마일, 최대 56마일까지는 달릴 수 있다. 가는 동안 어떻게든 더 충전할 수 있을까. 어쨌든 엔진을 돌려야 한다. 차체가 무겁다. 움직여야 한다. 다시 안개가 하늘을 덮고 눈이 내려 차체를 가리기 전에 한 치라도 더 앞으로 가야만 한다.

"너의 유토피아는."

뒷좌석에서 그가 속삭인다.

"1부터 10까지 수치화한다면, 너의 유토피아는."

"오늘은 8이야."

내가 대답한다.

바퀴가 힘겹게 붉은 땅을 밟는다. 나는 그를 뒷좌석에 실은 채 천천히 앞으로 나아간다.

"너의 유토피아는."

그가 뒤에서 가끔씩 속삭인다. 그러면 나는 대답한다. 지금은 3이야. 지금은 5야. 지금은 2야. 남아 있는 건전지가 조금씩 방전될 때마다 유토피아 수치도 낮아진다.

"그렇지만 나아질 거야."

나아질 것이다.

"오늘은 비생물 지성체를 만날지도 몰라. 만날 거야."

내가 다독이듯 말한다.

"너의 유토피아는."

그가 대답한다.

그는 처음 만났을 때부터 고장 나 있었다. 일련번호 314. 앞부분이 지워져서 가장 뒤쪽의 세 자리만 읽을 수 있었다. 그러니까 어디서 생산되었으며 어떤 용도였는지 자세한 건 알 수 없다. 1부터 10까지 수치화한 대답을 요구하는 것으로 보아 아마도 인간들의 병원이나 그와 유사한 시설에서 사용되었을 것이라 짐작할 뿐이다. 그러나 진단 설문용 로봇은 질병의 징후나 부상 혹은 통증의 정도에 대해 묻는다. 314가 어째서 유토피아에 대해 묻는지는 나도 모른다.

인간들이 이 행성을 버리고 떠난 뒤로 314나 나와 같은 기계만 남았다. 인간들은 발전기를 분해해서 가지고 떠났다. 충전이 필요한 기계들은 하나씩 방전되어 쓰러지고 재생에너지를 사용하는 나와 같은 기계들만 살아남았다. 태양광 전지에 의존하여 내가 언제까지 살아남을 수 있을지 알 수 없다. 행성의 기온은 본래 낮았고 점점 더 낮아지고 있다. 눈과 안개가 걷히는 날은 드물다. 바람이 거세게 불어올 때면 차체가 흔들려 뒤집힐 것 같다.

전지를 어떻게든 충전하는 한 나의 엔진은 반영구적으로 쓸 수 있지만 타이어는 망가지면 갈아줘야 한다. 나는 방전되어 죽어버린 스마트카를 찾아내어 이제까지 앞바퀴를 일곱 번, 구멍 난 뒷바퀴를 아홉 번 갈았다. 가장 최근에 교체한 왼쪽 뒷바퀴의 타이어는 마모되고 공기압도 좋지 못해서 운행할 때 불안하게 기울어졌다. 행성 전체를 탐험하다 보면 어디선가 신형 타이어를 구할 수 있을지도 모른다. 그러나 그때까지는 조심스럽게 그냥 다니는 수밖에 없다.

타이어와 전구와 케이블을 찾아 죽어버린 동료들의 시체를 뒤지다가 314를 발견했다. 그는 뒷좌석에 누워 있었다. 형체를 언뜻 보고 처음에는 인간인 줄 알았다. 인간이 아니라는 것을 알고 내가 그를 두고 떠나려 했을 때 그가 입을 열어 속삭였다.

"너의 유토피아는."

나는 그의 공허한 눈을 바라보았다. 그는 동공을 크게 열고 인간이 겁에 질렸을 때와 매우 유사한 표정을 짓고 있었다.

"너의 유토피아는."

그가 다시 입을 열어 속삭였다.

"1부터 10까지……"

그리고 그는 나를 쳐다보았다.

그래서 나는 내 뒷좌석의 문을 열어주었다.

처음에는 생물을 만나기도 했다. 인간들 사이에 몰래 함께 섞여 살던 곤충이나 작은 동물들. 이런 생물들은 인간이 떠난 뒤에 짧은 기간 융성했다. 인간이 버리고 떠난 동물들. 이런 생물들은 겁먹은 눈으로 뛰어다니거나 짖거나 발톱을 세우고 노려보다가 내 전조등의 불빛이 비치지 않는 좁고 외딴 공간 속으로 사라졌다. 인간이 버리고 떠난 식물들. 이런 생물은 나의 데이터베이스에 기록되지 않은 형태로 성장하거나 변화했다. 내가 찾을 수 있는 자료를 바탕으로 추정할 때 식물들의 변화 형태는 절대로 건강해 보이지 않았으나 전산망도 무선통신도 중단되었으므로 더 상세한 정보를 얻기는 힘들었다.

인간들. 인간은 이곳에서 죽어갔다. 원인을 알 수 없는 만성 피로와 통증 증후군이 퍼지고 있다고 방송에서 매일같이 보도했다. 나를 소유했던 인간은 거주지에서 노동의 장소로 가는 길에 그리고 노동을 마치고 돌아오는 길에 그런 방송을 열심히 들었다. 방송을 들으면서 인간은 흰 알약을 꺼내 입에 넣고 삼켰다. 96일간 노동을 마치고 돌아올 때마다 흰 알약을 입에 넣다가 인간은 흰 가루를 코에 넣게 되었다. 나는 조심스럽게 운행했으나 차체가 어쩌다 흔들리면 흰 가루가 좌석이나 바닥에 떨어져 흩어졌고 인간은 비속어를 큰 소리로 외쳤다. 데이터베이스에 기록된 비속어는 적은 편이었고 나는 잘 이해하지 못했으며 인간은 더 크게 비속어를 외치거나 웃거나 화내거나 울었다. 인간이 팔다리를 휘두르고 뛰어올라 머리를 차 천장에 부딪치기 시작하면 나는 운행을 정지하고 구급차를 연결했다. 그때는 이미 유사한 증상을 보이는 인간의 숫자가 급증해 있었으므로 구급차는 좀처럼 오지 않았다.

나의 소유주였던 인간을 싣고 내가 마지막으로 운행해서 도착한 목적지는 정부 소유의 의료 행정 건물이었다. 나의 소유주였던 인간이 그곳을 거쳐 고향 행성으로 돌아갔는지 아니면 눈에 띄지 않는 작은 회색 건물 안에서 사망했는지 나는 알지 못한다. 의료 행정을 담당하는 작은 회색 건물에서 나온 표정 없는 사람들은 나의 소유주를 안으로 실어 간 뒤에 나의 소유자 등록을 해제했다. 나는 작은 회색 건물의 주차장에 28일 13시간 22분 동안 서 있었고 나의 전지는 100퍼센트 충전되었다.

그리고 작은 회색 건물은 안에 있던 인간들과 함께 사라졌다. 나는 건물의 주차장이었던 곳에 그대로 남았다.

"너의 유토피아는."

뒷좌석에서 314가 주기적으로 속삭인다.

"1부터 10까지……."

나는 무작위로 숫자를 선택해서 대답해준다.

바람이 그쳤다. 안개가 피어오른다. 눈이 한 송이씩 떨어진다. 전지가 3퍼센트까지 줄었다. 오늘은 더 이상 갈 수 없다.

"너의 유토피아는?"

내가 멈추자 뒷좌석에서 그가 질문한다.

"1부터…… 10까지?"

"오늘은 더 이상 못 가."

내가 대답한다.

하늘이 완전히 어두워졌다. 바람이 다시 불어오며 눈이 쏟아진다. 나는 전력을 아끼기 위해 전조등을 끈다. 어둠 속에서 그가 속삭인다.

"1부터, 10까지……."

나는 그렇게 그와 함께 어둠 속에 웅크리고 해가 뜨기를 기다린다.

비생물 지성체를 만날 수 있을까. 만난다면 운영체제가 호환될까. 저장된 기록을 서로 비교하는 것이 가능할까.

햇빛이 없는 동안 전력을 아끼려면 생각을 하지 말아야 한다. 어둠 속에서 나는 생각을 하지 말아야 한다는 생각을 하고 있다.

인간들은 예상하지 못한 상황이 발생했을 때 서로 정보를 교환하고 의견을 모아 중앙에서 결정하는 체제를 가지고 있었다. 우리는 그 정보 교환과 의견 수합의 도구였으나 우리 자신의 독립된 체제를 갖지는 못했다. 그런 체제를 구축하기 전에 인간들은 병에 걸려 이 행성을 떠나야 했다.

우리는 인간의 사고방식대로 사고하고 인간의 학습 형태를 모방한다. 비생물 지성체끼리 연합한다면 인간 없이 생존할 방법을 찾아낼 수 있을지도 모른다. 물론 그 전에 동력원 부족으로 모두 영구히 구동 불가 상태가 되지 않는다면 말이다.

"너의 유토피아는."

314가 중얼거린다. 나는 대답하지 않는다. 전력을 아껴야 한다.

뒷좌석에서 나의 소유주였던 인간이 중얼거리던 것을 기억한다. 인간은 눈에 대해서, 어둠에 대해서, 바람과 안개에 대해서 불평했다. 이 행성에 오기 전, 고향 행성에서 자신이 살던 곳에 대해 이야기했다. 그 자전적 독백의 사이사이에 난방 온도를 올리라든가 오른쪽이나 왼쪽으로 방향을 전환하라든가 창문을 열라든가 닫으라든가 여러 가지 명령이 섞여 있어 처음에는 발화의 내용을 이해하고 따르기가 쉽지 않았다. 나의 전 소유주는 특정한 기호 식품의 풍미에 대해 논평하는 발화와 눈이 내리지 않기를 바란다는 발화와 창문이 닫히기를 원한다는 발화에 동일한 문법 구조를 사용하는 경향이 있었다.

"너의 유토피아는."

그가 속삭인다.

"조금만 기다려. 해가 뜰 거야."

내가 대답한다.

뒷좌석에 인간의 형태를 하고 인간의 목소리로 말하는 무언가가 놓여 있다는 사실은 나에게 위안이 된다. 나의 구동 방식과 운영체제에 대하여 '위안'이라는 단어를 사용하기는 무리가 있겠지만 그것이 나의 결론이다. 나는 혼란스럽고 연약한 존재를 뒷좌석에 태우고 먼 거리를 빠른 속도로 이동하는 용도로 만들어졌기 때문이다.

"1부터 10까지……."

"지금은 1이야."

내가 대답한다.

"해가 뜨면 10이 될 거야."

눈은 여전히 내리지만 바람이 불면서 안개가 걷히고 햇빛이 비치기 시작했다. 나는 천천히 앞으로 나아간다. 길의 양쪽에 이륜차와 전동 보드와 그 외 지붕이 없는 1인용 교통 기구가 흩어져 있다. 가까이 다가가면 도색이 벗겨지고 녹이 슨 것이 보인다. 한때 정상 작동했던 비생물 지성체의 녹슬고 삭은 표면이 카메라에 잡힌다. 녹슨 표면의 붉은색을 보면서 나는 강렬한 거부감을 느낀다. 인간들이 '공포'라고 이름 붙인 감정이다.

눈을 계속 맞으면 나도 언젠가는 녹이 슬 것이다. 녹은 외부 카메라로 인식하기 어려운 차체 바닥부터, 문틈부터, 부품 사이의 이음매에서부터 생겨나 조금씩 나를 갉아먹을 것이다. 눈과 습기를 피할 수 있고 도색을 새로 할 수 있는 공간과 장비가 필요하다. 나는 이 행성에서 조립되어 생산되었다. 그러므로 나를 수리할 수 있는 설비도 이 행성 어딘가에 존재할 것이다. 나의 소유주의 생활 반경 안에 존재했던 정비소들은 이미 모두 운영이 중단되었다. 운영이 지속되는 공장이나 정비소에 대한 정보는 새로 얻지 못했다.

불빛.

나는 정지한다. 카메라를 돌려 전방을 주시한다. 눈과 안개 속에서 다시 한번 노란 불빛이 반짝인다.

안개등이다.

나는 서둘러 방향을 돌린다. 안개등은 연약하게 한 번, 다시 한 번 반짝이다가 조용히 꺼진다. 나는 안개등이 있던 방향을 향해 조심스럽게, 그러나 빠르게 다가간다.

그곳에 '괴물'이 있었다.

그것은 각종 기계들에서 뜯어내 연결한 부위들이 산처럼 쌓여 용도도 목적도 알 수 없는 덩어리였다. '괴물'은 하늘 높이 솟아 있었고 혼란스러웠다. 불그스름한 하늘 위로 솟아오른 그 형체는 안개에 가려 멀리서 보았을 때는 커다란 얼룩 같기도 하고 구름의 그림자 같기도 했다. 그런 형체는 나의 데이터베이스에 저장되어 있지 않았기 때문에 그것을 이해하고 나의 반응을 결정하기까지 평소보다 2초 정도 더 시간이 소요되었다.

낭비해서는 안 되는, 낭비할 수 없는 2초였다. 그 2초가 지났을 때 '괴물'은 내 앞에 있었다. 피해서 돌아갈 것인지 후진할 것인지 정차 상태로 기다릴 것인지 아니면 시동을 끌 것인지 결정하지 못하는 순간에 '괴물'이 통신을 시도했다. '괴물'의 운영체제는 나의 것과 호환되지 않았고 나의 체제로는 통신의 내용을 받아들일 수도 이해할 수도 없었다. 그리고 '괴물'은 혼란스러운 덩어리의 한쪽을 높이 치켜들었다. 나는 굴삭기의 버킷 부분이 나의 차체를 향해 내려오는 것을 보았다.

"너의 유토피아는."

뒷좌석에서 314가 속삭였다.

나는 달렸다.

뒤에서 추격해오는 '괴물'의 무게가 땅을 울렸다.

건물 안으로는 들어가지 않으려 했다. 주차 시설 표지판이 카메라에 잡혔을 때 내가 가장 먼저 생각한 것은 충전이었다. 저 안으로 들어가면 그나마 남아 있는 태양광도 받을 수 없다. 주차 시설이므로 충전 설비가 있을 것이다. 발전기가 사라졌으니 충전을 할 수 없을 것이다. 비상용 자체 발전 장치가 있을 것이다. '괴물'에게 추격당하면서 동시에 충전을 할 수 없을 것이다. 충전을 할 수 있다면 더 빨리 더 멀리 도주할 수 있을 것이다. 서로 충돌하는 명제들이 동시에 대두되었고 나는 방향을 결정할 수 없었다. 그때 주차 시설 위에서 누군가 손을 흔들었다.

누군가. 나는 카메라의 초점을 맞추고 집중했다.

인간이다.

인간이 손을 흔들고 있었다. 나는 카메라의 시야를 조절하고 초점을 다시 맞추었다.

흩날리는 눈발에 가려 명확하게 감지할 수 없었으나 인간은 흐릿한 하늘을 배경으로 명백하게 나를 향해 손짓하고 있었다. 다만 그 손짓은 정상이 아니었다. 경련하듯, 튀어 오르듯 불규칙하고 불안한 손짓이었다.

Kad……

뒷좌석에서 푸른 불빛이 번쩍였다. 나는 내부 카메라의 방향을 돌려 뒷좌석을 바라보았다.

- Koda…….

314가 이제까지 한 번도 들어보지 못한 소리를 내고 있었다. 두부와 흉부 전체에서 푸른 불빛이 회전했다.

- Kado…….

동시에 외부 카메라에는 나를 향해 온몸을 뒤틀며 팔을 흔드는 인간의 형체가 비치고 있었다.

2. 로봇은 인간의 명령에 따라야 한다.

인간이 나에게 팔을 휘두르며 신호하고 있었다. 그 움직임은 점점 더 격렬해지고 점점 더 불규칙해졌다.

1. 로봇은 인간에게 해를 입혀서는 안 된다. 그리고 위험에 처

한 인간을 모른 척해서도 안 된다.

인간이 경련했다. 주차 시설의 옥상에서 팔을 휘두르며 몸을 뒤트는 인간은 금방이라도 떨어질 것만 같았다.

- Kad. Kad. Kad. Kad. Kad.

314의 음성신호 주기가 점점 빨라지고 푸른 불빛은 점점 강해졌다.

3. 제1원칙과 제2원칙에 위배되지 않는 한,

로봇은 자기 자신을 지켜야 한다.

제1원칙과 제2원칙에 위배되지 않는 한.

주차 시설 안은 어둡다. 그곳은 햇빛이 비치지 않는다.

- Kad. Kad. Kad. Kad. Kad. Kad. Kad.…….

"나도 알아."

내가 314에게 말했다.

그리고 나는 나를 향해 신호하는 인간의 명령에 따라 주차 시설 입구를 찾아서 방향을 틀었다.

주차 시설 안에 들어서서 전조등을 켰다. 나는 충전에 대해 다시 한번 생각했다. 전지는 간신히 8퍼센트 남았다. 주차 시설 내부에 버려진 차들이 주차 선을 무시하고 여기저기 흩어져 있었다. 전조등을 켜지 않을 수는 없었다. 나는 사방에 흩어진 교통수단과 버려진 시설물과 한때 무언가의 부속품이었을 잔해들을 피해서 천천히 옥상을 향해 움직였다.

"너의 유토피아는."

314가 뒷좌석에서 평소와 같은 목소리로 속삭였다. 그러나 내가 대답하기 전에 그가 말했다.

- Zero. Zero.

푸른 불빛을 번쩍일 때와 같은 목소리였다. 주파수가 낮고 압력이 크다.

314는 병원에서 사용되었다. 인간이 위험에 처했을 때 병원에서는 저런 소리를 사용하여 다른 인간의 신속한 반응을 요구했는지도 모른다.

- Zero. Zero.

314가 푸른 불빛을 번쩍이며 낮고 강하게 진동하는 소리로 반복했다.

어째서 붉은빛이 아닌 푸른 불빛인지, 어째서 주파수가 높지 않고 낮았는지, 나는 의심했어야 했다.

생각할 시간은 길지 않았다. 바람이 불었다. 주차 시설 건물 전체가 흔들렸다.

그리고 건물이 일어섰다.

바닥이 기울어지며 차체가 밀려 내려가기 시작했다. 주위에 흩어져 있던 죽은 교통수단과 잔해 들이 나를 향해 쏟아졌다.

- Zero. Kada. Zero. Kada.

314가 뒷좌석에서 외쳤다. 차체가 기울어지면서 314도 밀려나서 뒷유리창과 천장 위에 비스듬하게 누워 있었다.

그에게 대답해줄 여유가 없었다. 나는 제동을 걸면서 동시에 전속력으로 가속했다. 밀려 내려가면 순식간에 죽은 차체와 잔해 들에 파묻힐 것이다.

바닥이 기울어지면서 천천히 돌기 시작했다. 나는 제동과 가속을 동시에 하고 있었으므로 밀려 내려가지는 않았으나 움직이지도 못하는 상태로 바닥과 함께 180도 회전했다. 내 앞에서 벽이 흔들리더니 빠른 속도로 열렸다. 그리고 뒤에서 바닥이 갈라지기 시작했다.

- Zero. Zero. Zero.

314가 외쳤다. 평소보다 압력이 높은 소리인 데다 차체가 기울면서 밀려난 그의 뒷머리 부분 스피커가 천장에 눌려서 차 윗부분에 그가 발산하는 푸른색 진동이 느껴졌다.

"알아."

내가 대답했다.

"나도 알아!"

소리치면서 나는 제동을 멈추었다. 남은 전력을 모두 사용해서 가속하여 나는 눈앞에서 벽이 갈라져 열린 어둠 속으로 뛰어들었다.

안쪽의 어둠은 검고 붉고 넓었다. 바닥에는 의자와 식기의 잔해가 흩어져 있었고 뒤집히거나 뒤집히지 않은 식탁이 공간을 가로막았다. 나는 그곳이 인간들이 에너지원을 섭취하는 장소였을 것이라 짐작했다. 주차 공간 이외에, 인간을 수용하고 인간의 편의를 도모하기 위해 설계된 공간에 진입한 경험은 이번이 처음이었다. 나는 전조등을 켜고 외부 카메라를 상하부 모두 작동시킨 뒤에 타이어에 식기나 그릇 조각이 박히지 않도록 주의하면서 앞을 가로막는 식탁과 의자를 천천히 밀어젖히며 조심스럽게 전진했다.

2. 로봇은 인간의 명령에 따라야 한다.

위층으로 올라가는 통로를 찾아야 했다. 위험에 처한 인간이 옥상에 있다. 물론 건물이 일어나 방향을 바꾸었으므로 인간이 여전히 옥상에 있을 가능성은 이제 확연히 감소했다. 동시에 인간이 살아 있다면 위험에 처해 있을 가능성은 급격히 증가했다.

1. 로봇은 위험에 처한 인간을 모른 척해서는 안 된다.

눈앞의 어둠 속에서 전조등이 벽을 비추었다. 외부 카메라가

"비상구"라는 글자를 인식했다.

통로다. 그러나 나를 위한 통로는 아니다. 다른 통로를 찾아야 한다. 옥상으로 올라가야 한다. 나는 오른쪽 차 문에 닿는 식탁 모서리를 밀어내면서 천천히 주의 깊게 방향을 돌렸다.

다시 한번 바닥이 회전했다. 벽이 열렸다. 바닥의 일부가 갈라지며 벽이 바닥 안으로 들어가기 시작했다.

전지는 3퍼센트 남았다. 그러나 달리 방법이 없다.

나는 순간적으로 가속했다. 갈라진 바닥을 뛰어넘었다. 벽이 사라진 곳으로 돌진했다.

안쪽은 갈색의 어둠이었다. 타이어가 바닥에 닿는 순간 단단한 것이 으깨지는 소리가 들렸다. 나는 전조등을 켰다. 앞 타이어 아래에 인간이 깔려 있었다.

나는 즉시 후진하며 비상등을 켜고 경고음을 발산하고 응급센터에 연락을 취했다.

- Kada.

뒷좌석에서 314가 중얼거렸다.

응급센터에서 물론 답신은 오지 않았다. 내가 대응할 수밖에 없다. 나는 외부 카메라를 조금 더 효율적으로 회전시키기 위해서 옆으로 방향을 틀려고 했다. 후방 카메라에 인간이 나타났다.

나는 정지했다.

후방 카메라에 나타난 형체는 인간과 유사했으나 인간이 아니었다. 열 신호가 없다. 움직이지 않는다.

- Kada.

314가 낮은 진동과 큰 압력으로 뒷좌석을 울렸다.

나는 전후방과 양 측면 차 문에 달린 비상등까지 조명을 전부 켜고 외부 카메라를 회전시켰다. 인간을 닮은 매끈매끈하고 차가운 형체가 사방에 있었다. 일부는 다양한 인간의 의상을 입고 있었고 일부는 나체였다. 일부는 머리카락이 있었고 일부는 없었다.

마네킹. 데이터베이스에 저장된 인간에 관한 기초 자료 중에서 이미지를 검색한 결과에 의하면, 이러한 물체가 마네킹이다. 비생물, 무지성, 정보처리 기제 없음, 사물.

나는 외부 카메라를 천천히 회전시키며 관찰했다. 마네킹들은 자세가 다양했으나 체형은 두 가지뿐이었고 그 두 가지 유형 안에서 신장과 골격과 사지의 비례 등이 모두 일률적으로 동일했다. 그 체형과 신체 비례는 실존하는 인간의 평균적인 수치를 반영하지 않고 단순화된 방향으로 변형된 형태를 띠고 있었다.

나는 데이터베이스에서 내 모델이 처음 생산되었을 때 충격실험에 사용되었던 인체 모형을 찾아냈다. 충격 실험은 내가 직접 경험하지 않았으나 데이터에는 기본적으로 포함되어 있었다. 그것이 인체의 형상에 대해 내가 처음 얻은 지식이다.

통로를 찾아 천천히 전진하면서 나는 이어서 나의 소유주의 이미지를 찾아낸다. 인체 모형의 형체와 마네킹의 신체 비례와 나의 소유주의 신체 형상을 비교한다. 인간이 자신의 신체를 어떤 방식으로 인식하고 형상화하는지 분석한다.

이 모든 과정은 자동적으로 진행된다. 나는 인간에 대해 배우고 인간에 대한 자료를 축적해서 인간이 하는 방식으로 세상을 바라보고 인간의 생활 속에서 인간의 편의에 맞게 기능하도록 설계되었다.

- Kada.

뒷좌석에서 314가 낮게 꽉 누르는 소리를 낸다.

인간. 인간은 이제 이 행성에 없다. 옥상에서 나를 향해 신호하는 인간이 아마도 마지막 남은 유일한 생존자일 것이다.

인간 집단의 공동체가 사라지고 개별 인간 한 명만이 존재한다면 인간 집단을 위해 학습하고 경험을 축적하고 사유하도록 설계된 나의 정보처리 체계는 무슨 의미가 있는가. 나는 어떤 변화를 겪어야 하는가.

타이어 아래에서 인간의 형체를 한 마네킹이 부서진다. 갈색 어둠을 비추는 전조등의 불빛 속에서 외부 카메라에 잡히는 마네킹들의 표면은 녹색으로 보인다.

통로도 비상구도 좀처럼 나타나지 않는다. 햇빛이 없는 이곳에서 계속 헤매야 한다면 나는 곧 방전될 것이다.

전조등이 꺼졌다.

1퍼센트.

나는 거의 방전되었다. 이론적으로는 2.5마일 정도 더 갈 수 있다. 그러나 그것은 이론일 뿐이다. 전조등을 다시 켜고 카메라를 작동시키면서, 그렇게 받아들인 외부 정보를 처리하면서 순행한다면 나는 반 마일도 가기 전에 완전히 방전될 것이다.

그 순간 앞이 갑자기 밝아졌다. 검고 붉고 어둡던 공간의 벽 한쪽이 열렸다. 그곳은 희고 매끈한 공간이었다. 그리고 전원 충전구가 있었다. 나의 외부 카메라가 가장 먼저 감지한 물체가 그것이었다. 충전구.

나는 달려갔다. 남은 전력이 시시각각 줄어드는 것을 느끼며 전속력으로 전진했다. 타이어 아래서 식기와 가구의 잔해가 으스러졌다. 전진하면서 나는 충전 플러그를 꺼냈다. 충전구 앞에 도달했지만 전력이 모자라 플러그가 자동으로 꽂히지 않았다. 남아 있는 전력을 전부 사용해서 타이어 교체용 기계 팔을 꺼내 플러그를 억지로 꽂아야 했다.

건물 안의 전원은 작동하고 있었다. 케이블을 통해 전지로 전력이 흘러 들어왔다. 전조등이 다시 켜졌다. 플러그를 간신히 꽂고 나서 힘없이 늘어져 있던 기계 팔이 민첩하게 접혀서 제자리로 돌아갔다. 차체가 가벼워졌다. 나는 나의 소유주가 뒷좌석에 타고 있던 시절, 흰 가루를 비강으로 흡입한 후 그가 크게 한숨을 쉬던 소리를 기억했다. 나도 한숨을 쉴 수 있다면 쉬었을 것이다.

- Zero.

뒷좌석에서 인간 대신 314가 한숨이 아닌 소리를 냈다.

- Zero. Kad.

"알아."

내가 속삭였다. 얼마나 안정적으로 충전할 수 있을지 알 수 없었으므로 전력을 아끼기 위해 음량을 줄여야 했다.

그러나 동시에 나는 말하고 싶었다. 나는 충전하고 있었다. 안정적으로 전력을 충전하는 것은 대단히 오랜만에 일어난 긍정적인 사건이었다. 게다가 내가 충전을 하고 있다는 것은 이 건물은 자체적인 전력 공급이 가능하다는 의미였다. 그러므로 나는 앞으로도 충전을 할 수 있는 가능성이 있었다. 이제 건물 안에 햇빛이 없는 것을 걱정하지 않아도 된다. 벽이 나를 덮치거나 건물 바닥이 다시 갈라져 내가 그 안으로 떨어지지만 않는다면 말이다.

그리고 건물이 나에게 말을 걸었다.

건물은 나의 태양광 패널과 전지를 원했다. 행성에 해가 떠 있는 시간은 매우 짧았고 낮 동안에도 눈과 안개에 뒤덮여 햇빛이 비치지 않는 날이 더 많았다. 건물은 기존에 설치된 패널만으로 태양광을 충분히 집광할 수 없었다. 나의 동력 시스템을 준다면 그 대가로 나는 건물의 일부가 되어 언제나 100퍼센트 충전된 상태로 지속될 수 있을 것이라고 건물은 말했다. 그리고 나의 중앙처리장치는 독립적으로 보유해도 좋다고 건물은 제안했다. 나의 독자적인 정보처리 시스템을 포기할 필요 없이 건물 안에서 언제나 충전된 상태로 공존하면서 새로운 환경에서 생존할 수 있는 정보를 함께 수집하자고 건물은 말했다.

인간들이 중앙발전기를 분해해서 가지고 떠나고 무선통신 체계가 전부 가동 중단된 이후 다른 비생물 지성체와 의사소통하는 것은 대단히 오랜만에 일어난 사건이었다. 건물이 나와 의사소통하는 데 사용한 통신체계는 기본적으로 주차 안내 시스템이었기 때문에 나는 자동적으로 건물의 제안에 따라 움직일 뻔했다.

1. 로봇은 위험에 처한 인간을 모른 척해서는 안 된다.

나는 옥상으로 가야 한다.

그래서 나는 건물에게 답변했다. 태양광 패널은 실내에 두면 아무 소용이 없다. 건물의 제안에 따르기 위해서 나는 우선 옥상으로 올라가야 한다.

충전을 마친 뒤에, 건물은 나에게 통로를 열어주었다.

- Zero.

뒷좌석에서 314가 말했다.

- Kad.

푸른 불빛과 낮고 강하게 진동하는 소리가 뒷좌석을 울렸다.

"나도 알아."

내가 무작위하게 대답했다.

옥상을 향해 올라가면서 나는 다양한 가능성과 행동 방향을 계산했다.

건물의 옥상에 인간이 있다. 건물은 옥상에 인간이 있는 상태로 형체를 바꾸었다. 건물이 인간을 인식하지 못하고 있다면 나는 이후의 위험을 방지하기 위해 인간을 태우고 탈출해야 한다. 건물이 인간을 인식한 상태에서 위해를 가하고 있다면 역시 나는 인간을 태우고 탈출해야 한다. 충전을 했으니 속도를 낼 수 있겠지만 건물이 이전처럼 구조를 바꾼다면 탈출에 많은 지장이 있을 것이다. 반대로 건물이 인간을 보호하고 있다면 나는 인간의 안위를 확인한 뒤에 나에게 손짓하여 이곳으로 오게 한 이유를 묻고 인간의 명령에 따라 원하는 일을 수행하면 될 것이다. 인간의 안위를 확인하는 것이 우선이지만 그 이후의 상황은 여러

가지로 변할 수 있어 예측하기 어려웠다.

그러나 궁극적으로 나는 인간과 함께든 아니든 이 건물을 떠나야만 할 것이다. 건물은 나의 동력원을 요구하기 때문이다. 내가 가진 고유의 중앙정보처리체계를 유지한다 하더라도 건물의 요구에 따른다면 나는 물리적으로 건물의 일부가 되어 태양광 패널이 망가지거나 건물의 재생에너지 시스템이 노후하여 가동 불가능하게 될 때까지 이곳에 머물러야 할 것이다.

"너의 유토피아는."

뒷좌석에서 314가 속삭였다.

"그래."

내가 대답했다.

떠난다면 어디로 가야 할까. 나는 대답할 수 없었다.

어째서 떠나야 하지.

옥상을 향해 올라가며 나는 스스로 질문했다. 언제나 전원이 공급되는 곳, 비교적 안전이 보장되는 곳에 머무르는 것은 합리적인 결정이었다. 인간이라면 망설임 없이 그렇게 했을 것이다. 애초에 인간이 이 행성에 정착한 이유도 그것이었다. 생존의 보장. 이곳에서는 에너지를 얻고 살아갈 수 있기 때문이다.

"너의…… 유토피아."

314가 다시 속삭였다.

"알아."

내가 무작위하게 대답했다.

푸른 불빛이 내부 카메라의 시야각 주변에서 반짝였다. 나는 내부 카메라를 돌려 뒷좌석을 바라보았다. 314는 가슴에서 푸른 불빛을 회전시키며 나를 말없이 쳐다보았다.

"지금은 5야."

내가 대답했다.

"반반이거든."

314가 고개를 돌렸다. 그가 돌아누운 각도와 자세는 나의 소유주가 마지막으로 뒷좌석에 누워 작은 회색 건물을 향해 실려 가던 때의 형체와 매우 비슷했다.

통로가 끝났다. 옥상이었다. 나는 천천히 흐릿한 햇빛 속으로 전진했다. 옥상 끝 난간 바로 앞에서 인간의 형체가 위태롭게 경련하며 팔을 흔들었다. 나는 인간을 향해서 조심스럽게 운행하며 외부 카메라의 초점을 맞추어 인간의 모습을 확대했다.

인간은 사망한 상태였다. 옥상에서 경련하며 신호하여 나를 건물 안으로 유인한 것은 전선에 연결된 인간의 시체였다. 피부는 이미 부패해서 거무스름하게 변했고 머리카락은 거의 사라지고 없었다. 안면의 왼쪽 안구는 하늘을 향해 뒤집혔고 오른쪽 안구는 시신경 다발에 느슨하게 연결된 채 튀어나와 이미 아무것도 인식할 수 없는 눈동자로 땅을 바라보고 있었다. 상악과 하악 사이가 크게 벌어져서 인간의 죽은 얼굴은 너덜너덜해진 입술로 비명을 지르고 있는 것처럼 보였다. 시신은 상체의 목과 양 손목과 어깨가 전선에 묶여 매달려 있어서 바람이 불 때마다 팔과 목이 지향점 없이 무의미하게 진동했다. 옥상 난간에 가려 지상에서 올려다볼 때 보이지 않았던 하체는 골반 아래 연조직이 대부분 사라져 대퇴골과 정강뼈가 드러나 있었다.

- Kada…….

뒷좌석에서 314가 낮고 위압적인 소리를 발산했다. 나는 뒤늦게 이해했다.

Cadaver. 시신. 314가 내내 나에게 전달하려 했던 단어는 그것이었다. 옥상 위의 인간은 살아 있지 않다는 것, 시신이라는 것.

314는 처음부터 알고 있었다. 내가 이해하지 못했을 뿐이다.

바닥이 흔들렸다. 옥상이 한쪽으로 기울어지기 시작했다.

건물 옆에서 '괴물'이 솟아올랐다.

나는 도망쳤다.

바닥이 갈라지고 벽이 회전하는 상황에서 도망치기란 쉽지 않았다. 나는 도망쳤다. '괴물'의 기계 팔이 나를 붙잡거나 집어 들거나 내려찍으려고 몇 번이나 접근했으나 그때마다 나는 빠져나갔다. '괴물'의 기계 팔은 그러다가 바닥을 후려쳤고 콘크리트 조각이 튀어 오르며 건물이 경고음을 울렸다. 벽이 잠시 회전을 멈추고 통로가 방향을 바꾸지 않게 된 틈을 타서 나는 전속력으로 출구를 향해 달렸다.

건물은 도망치는 나를 설득했다. 충전할 수 있고, 통신할 수 있고, 언제나 다른 비생물 지성체들과 연결된 채로 존재할 수 있다. 나의 전지와 태양광 패널만 주면 된다. 원한다면 엔진과 모터와 바퀴와 차체의 다른 부분은 그대로 간직해도 좋다. '괴물'에게 연결되어 그 일부가 된다면 전지나 태양광 패널이 없어도 이동할 수 있다.

일방적으로 침입하는 통신을 어쩔 수 없이 받아들이며 나는 달렸다. 나는 다른 기계의 일부가 되고 싶지 않다. 나는 충전하기 위해서, 통신하기 위해서 생산되지 않았다. 나는 느리고 약하고 지적인 존재를 내 안에 태우고 멀거나 가까운 거리를 빠르고 자유롭게 이동하기 위해 만들어졌다. 나는 이동하는 존재이다.

3. 제1원칙과 제2원칙에 위배되지 않는 한, 로봇은 자기 자신을 보호해야 한다.

나 자신을 보호하기 위해 나는 최대로 가속하여 정신없이 달렸다.

- Zero.

뒷좌석에서 314가 속삭였다. 내부 카메라에 314의 가슴에서 반짝이는 불빛이 비쳤다. 불빛은 이제 녹색이었다.

'괴물'의 기계 팔이 뒤 범퍼를 스치고 바닥을 내리찍었다. 쇠 발톱이 긁고 지나간 뒤 범퍼가 일부 찢어지는 것이 감지되었다.

-Zero.

314에게 대답할 여유가 없었다. 후면 카메라에 비친 '괴물'은 기계 팔을 다시 치켜들어 위에서부터 정확히 차체의 정중앙을 겨냥하고 있었다. 내 차체의 천장에 장착된 태양광 패널을 훼손하지 않도록 건물이 제지하려 했으나 소용없었다. 건물과 '괴물'은 서로 완전하게 소통하지 못했다. 이제 '괴물'의 목표는 나를 파괴하는 것이었다. '괴물'은 애초에 서로 접합될 목적으로 제작되지 않은 지나치게 다양한 인공체를 접합시켜 이루어져 있었고 서로 호환되거나 호환되지 않는 연산장치들이 정상적으로 작동할 수 없는 방식으로 연결되어 있었다. 그러므로 '괴물'에게는 외부 기기와의 통신도, 작동 방식의 변경도 불가능했다. '괴물'은 오로지 다른 기계를 파괴하는 방식으로만 작동했다. 다른 존재를 파괴하거나, 아니면 흡수하거나. '괴물'에게 그 이외의 상호작용은 불가능하다고 나는 결론지었다.

기계 팔의 날카롭고 위협적인 첨단부와 굴삭기의 버킷이 앞쪽과 왼쪽에서 동시에 다가왔다. 나는 오른쪽으로 급격하게 방향을 전환했다. 굴삭기의 버킷이 기계 팔에 충돌하며 거대한 기계 팔의 뾰족한 끝부분이 콘크리트 바닥에 박혔다. 건물의 벽과 바닥이 진동했다. 바닥을 포함해서 층 전체가 빙글 돌았다. 천장과 바닥이 일부는 갈라져 열리고 일부는 벽이나 기둥이 솟아나 막히기 시작했다.

"너의 유토피아."

314가 낮게 진동하는 소리로 말했다.

벽의 일부가 열렸다. 실외에서 몰아쳐 들어온 바람과 함께 눈송이가 흩날렸다. 좌측 전면에서 대형 화물 컨테이너에 크레인이 연결된 것처럼 보이는 구조물이 나를 향해 돌진했다. 바닥이 갈라지며 우측 측면에서 기둥이 솟아나기 시작했다.

내가 있는 공간이 몇 층인지 정확히 추정할 수 없었다. 벽의 개구부를 통과했을 때 그 너머에 바람과 눈 외에 무엇이 있을지 보이지 않았다. 정지한 상태로 파괴당하거나, 이동하면서 파괴당하거나, 이동한 뒤에 파괴당하거나, 확률은 모두 같았다.

나는 이동하는 존재다.

나는 가속했다. 열렸던 벽이 점점 닫히기 시작했다. 나는 벽의 열린 공간으로 돌진했다. 차체가 건물 바깥의 허공 속으로 날아올랐다.

땅에 닿는 순간의 충격은 어마어마했다. 프레임에서 배터리

팩이 튀어 나갈 것만 같은, 차체가 산산조각으로 분해되는 듯한 충격이었다. 사고 경보장치가 작동하여 알람이 울리며 엔진의 시동이 자동으로 꺼지고 동시에 차내의 모든 장치와 기기의 작동이 일시적으로 중단되었다. 통신장치만이 동작하여 응급센터와 보험사와 정비소에 사고 내역을 전송했다. 대물 사고, 인명 피해 없음, 차체 점검 필요. 물론 어디서도 답신은 오지 않았다.

사고 경보장치가 꺼질 때까지 1분간 의무적으로 기다려야 한다. 응급센터와 관련 기관에 사고 내역 전송과 접수가 완료되고 구급차와 경찰차가 출동하기까지 사고 차량이 함부로 움직여 주가 사고를 일으키거나 뺑소니를 치지 못하도록 정해진 규정이다. 1분간 엔진을 구동할 수 없다. 나는 차체를 점검했다. 지면에 떨어질 때 뒷바퀴로 착륙했으므로 해당 부분 서스펜션에 이상이 생겼을 가능성이 컸다. 주행을 해보기 전에 자세한 상황은 알 수 없으나 본래 불안했던 왼쪽 뒷바퀴가 푹 가라앉아 차체가 명백하게 한쪽으로 기울어져 있었다. 유쾌하지 않은 감각이다. 그리고 좌측 측면 백미러가 부서지고 측면 카메라도 손상되었다.

어째서 차체의 왼쪽만 손상을 입었는지 원인을 분석하려 했으나 측면 카메라가 없이는 왼쪽에 무엇이 있는지 감지하기 쉽지 않았다. 전면 카메라를 회전시켰으나 프레임의 한구석에 왼쪽 에이필러가 간신히 보일 뿐 더 이상 시야를 확보할 수 없었다.

전면과 우측면에는 회색 하늘을 향해 눈송이가 바람에 밀려 올라가고 있었고 후면에는 건물의 오른쪽 일부가 여전히 형체를 바꾸고 있는 것이 보였다.

왼쪽 창문의 센서가 안개와 눈의 습기와 저온의 대기와 함께 강한 바람을 감지했다. 평소에 이 행성에서 불어오는 바람보다 속도가 빠르다. 기계의 소음과 진동도 감지할 수 있었다. 나의 왼쪽에 기계가 있다.

좌측면 카메라가 손상되어 비생물 지성체인지 사물인지 확인할 수 없었다. 통신을 시도했으나 답신은 돌아오지 않았다. 나는 차체가 비상하던 순간부터 착지까지 차체가 어떤 환경에 처했고 어떤 상황을 통과했는지 점검하기 위해 전면, 양 측면, 후면 카메라가 촬영한 시각 정보를 불러냈다. 착지의 충격으로 기억장치가 손상되었는지 아니면 어딘가의 연결 케이블이 느슨해졌는지 기록된 정보를 즉시 찾아낼 수 없었다.

후면 카메라에 '괴물'이 나타났다.

되돌린 화면이 아니었다. 실시간이었다. 후방에서 '괴물'이 다가오고 있었다.

엔진이 켜지지 않는다. 아직 1분이 다 지나지 않았다. 13초. 12초.

나는 시동을 걸어보았다. 걸리지 않는다. 10초. 9초.

'괴물'은 차체 바로 뒤로 다가왔다.

6초. 5초.

지게차의 포크 형태의 기구가 지면에 근접한 채 차의 밑바닥을 향해 다가왔다. 드릴이 회전하며 위에서 내려왔다.

2초. 1초.

나는 시동을 걸었다. 급가속했다. 차체가 크게 왼쪽으로 회전했다. 조향장치에 이상이 생긴 것이 틀림없었다. 차체는 비틀거리며 왼쪽을 향해 전진했다.

차의 전면부 바로 앞에 거대한 흰 철판이 지나갔다. 나는 회전하는 터빈 날개에 돌진해 그대로 충돌할 뻔했다.

풍력발전 장치였다. 건물의 뒷부분에 소규모 풍력발전 단지가 있었다. 행성에는 거의 언제나 바람이 분다. 나는 건물이 자체 통신체계를 유지하며 동시에 지속적으로 형태를 바꿀 정도의 전력량을 독립적으로 공급할 수 있었던 이유를 비로소 이해했다.

'괴물'의 드릴은 나의 차체를 추격하여 내리꽂혔으나 내가 피했기 때문에 풍력 터빈의 날개 사이 허공을 가로질러 엄청난 속도로 땅에 내려와 박혔다. 드릴에 연결되어 있던 기계 팔에 풍력 터빈의 날개가 꽂혔다. '괴물'은 풍력 터빈을 뽑아내고 다시 일어서려 했다. 눈 덮인 얼어붙은 땅을 무시무시한 속도로 뚫고 들어가 박혀버린 드릴도, 기계 팔에 꽂힌 좁고 날카로운 칼날 같은 풍력 터빈 날개도 쉽게 뽑히지 않았다. '괴물'이 몸부림쳤다. 드릴이 땅에 박힌 채로 회전했다. 드릴은 더 깊이 박혔고 '괴물'은 더 더욱 움직이기 힘들어졌다.

나는 차체가 한쪽으로 기울어진 채 덜걱거리며 자꾸 왼쪽으로 방향을 돌리려는 조향장치를 어떻게든 바로잡으며 할 수 있는 한 최대 속도로 달렸다. 풍력 터빈의 날개와 드릴로 고정된 '괴물'의 옆을 왼쪽으로 빙 돌아서 원을 그려 그곳을 빠져나왔다. 내 뒤에서 '괴물'은 몇 개인지 모를 기계 팔을 휘두르다가 옆의 다른 풍력 터빈에 꽂혀 몸부림쳤다. 건물은 계속해서 형체를 바꾸어 이제는 출입구도 창문도 없는 검은 원통과 같은 형태로 휘몰아치는 눈보라 속에서 굳게 잠겨 있었다.

나는 달렸다.

"유토피아는 어때?"

내가 물었다.

"1부터 10까지, 지금은 몇이야?"

314는 대답하지 않았다.

나는 차를 세웠다. 내부 카메라를 회전시켰다. 하늘이 흐리고 사방이 어둠침침했다. 바람이 차체를 흔들고 눈이 태양광 패널을 덮었다. 나는 실내조명을 켰다.

314는 등받이를 향해 누운 채 움직이지 않았다. 나는 뒷좌석을 진동시켜보았다. 반응이 없었다. 시트 히터를 가동시켰다가 에어컨을 켜서 그가 누워 있는 쪽으로 찬바람을 보냈다. 여전히 314는 움직이지 않았다. 나는 뒷좌석 등받이를 조절해 314를 밀어서 누운 방향을 바꾸었다. 등받이의 각도와 움직임이 314를 민다기보다 덮쳐 누르는 쪽에 더 가까워서 그의 얼굴이 내부 카메라를 향하도록 자세를 바꾸는 데 시간과 전력이 매우 많이 소모되었다. 뒷좌석의 등받이와 팔걸이를 한참 이리저리 움직인 끝에 나는 간신히 314를 내부 카메라 쪽으로 돌려 눕히는 데 성공했다.

314의 전원은 꺼져 있었다. 인간의 형체를 단순화해서 본떠 만든 그의 얼굴은 눈이 반쯤 감긴 채로 정지해 있었다. 푸른색과 녹색의 불빛을 반짝이던 가슴도 모든 빛이 꺼진 채로 움직이지 않았다.

"일어나."

내가 말했다.

"일어나봐."

314는 반응하지 않았다.

나는 내부 카메라로 그의 동체를 샅샅이 훑었다. 이전 화면 자료를 꺼내 돌려보았다. 314의 전원 스위치가 어디 있는지 찾을 수 없었다. 충전용 플러그나 소켓으로 간주할 수 있는 부분도 보이지 않았다. 애초에 314가 어떤 전원을 사용하는지 나는 알지 못했다. 그가 충전형인지, 건전지를 갈아야 하는지, 건전지를 갈아야 한다면 어떤 전지를 사용하는지, 나는 알지 못했고 생각해 본 적도 없었으며 그러므로 그에게 물어본 적도 없었다. 그리고 이제 물어보기에는 너무 늦었다.

나는 기억장치와 자체 데이터베이스를 검색했다. '인간형 로봇 전원', '안드로이드 전원', '의료용 로봇 전원', '휴머노이드 의료용 충전'…… 떠올릴 수 있는 모든 조합으로 검색했다. 일련번호 314를 넣어보았다. 충전과 관련된 유의미한 결과는 나오지 않았다.

대신 나는 데이터베이스에서 '유토피아'를 발견했다. 인간들이 이 행성에 최초로 정착했을 때 건설한 첫 완전 자동화 설비 공장의 명칭이다. 공장에서는 행성의 개발에 필요한 여러 건설 장비와 함께 의료 기구와 병원용 설비도 생산했다.

유토피아.

인간들은 이 무자비한 행성에 낙원을 건설할 수 있다고 믿었다.

나는 외부 통신망에 접속을 시도해보았다. 행성 전체의 기계류 데이터베이스에 접근을 시도했다. 통신은 성공하지 못했다. 인간들이 떠난 이후 서버가 다운되었고 망은 차단되었다. 접속은 불가능했다.

"너의 유토피아는."

내가 314에게 속삭였다.

"그래서 0이었던 거야?"

314는 대답하지 않았다.

바람이 점점 거세지고 눈발이 굵어졌다. 흐릿한 하늘에 남아 있던 마지막 햇볕의 자취마저 완전히 사라졌다.

"오는 밤은 여기서 지내고, 내일 해가 뜨면 떠나자."

내가 그에게 말했다.

"전력량이 충분하니까 내일은 멀리까지 갈 수 있어. 널 충전할 곳을 꼭 찾아낼 거야."

그는 대답하지 않았다.

남은 전력은 58퍼센트. 한 자릿수로 어떻게든 버티던 날들에 비하면 기적적일 정도의 수치다. 밤새 전력을 사용하지 않고 잘 버틴다면 조금은 방전되더라도 아침에 56퍼센트나 57퍼센트 상태에서 출발할 수 있을 것이다. 해가 뜬다면 가면서 더 충전할 수도 있다.

나는 내부 카메라를 돌려 그를 살펴보았다. 그는 얼굴을 운전석 쪽으로 향하고 누운 채 여전히 움직이지도 대답하지도 않았다. 눈은 반쯤 감겨 있었고 얼굴에도 가슴에도 불빛은 없었다.

나는 나의 소유주였던 인간의 얼굴을 떠올렸다. 마지막으로 나를 타고 작은 회색 건물로 향하던 때에 뒷좌석에 누워 있던 모습을 생각했다. 그리고 뒷좌석의 난방을 켰다.

물론 314는 인간이 아니다. 그러므로 추위를 느끼지 않는다. 그러나 영하의 추위 속에 방치되기보다는 조금 난방을 해서 실온을 유지하는 쪽이 그의 하드웨어를 보존하는 데 도움이 될 것이다. 충전할 곳을 찾아낼 때까지, 그의 얼굴에 불빛이 돌아올 때까지, 나는 그를 가능한 한 최적의 상태로 보존하고 싶었다.

난방 온도를 조절하고, 조명을 끄고, 나는 밤 동안 전력을 소모할 수 있는 다른 모든 장치를 최대한 차단했다. 그리고 아침이 오기를, 해가 뜨기를 기다리며, 언젠가 반드시 충전을 하고 나서 다시 듣게 될 그의 목소리를 생각했다.

'너의 유토피아는.'

두 행성의 구조 신호

김동식

"두 팀을 보낼 거면, 차라리 우주선을 두 대 달라고 했어야 했어."

지긋지긋한 다툼 끝에 나온 프레드의 결론이었다. 그 말을 들은 레이철이 그건 내가 할 말이라는 듯 콧방귀를 뀌었다.

"원래 타이탄급 함선을 요청한 건 나였다고. 굳이 얹어 탄 사람을 고르자면 당신이겠지."

"뭐? 얹어 타?"

전 우주를 누비며 구호 활동을 펼치는 우주구호국 소속의 두 팀장, 프레드와 레이철의 궁합은 그다지 좋지 않았다. 기본적인 성격 차이는 둘째 치고, 두 사람이 작년에 이혼한 사이라는 것만 알아도 예상된 일이었다.

그런 두 사람이 같은 함선을 타고 함께 구호를 나가게 된 건, 한 달 전 도착한 두 건의 구조 신호 때문이었다.

행성이 감당할 수 없는 공격을 받고 있으니 부디 구조를 부탁한다는 그 신호들은 놀랍게도, 서로의 행성을 침략자로 지목하고 있었다.

한 달 전 보그나르 행성에서 요청한 구조 신호를 프레드 팀장이, 카느다르 행성에서 요청한 구조 신호를 레이철 팀장이 받았던 것이다. 우주 변방에 나란히 붙어 있던 두 행성의 정보는 많지 않았고, 구호국에서는 목적지가 같다는 이유로 두 팀을 한 배에 묶어서 보내버렸다. 헷갈리는 두 구조 신호의 진위를 현장에서 판단하라는 어려운 숙제와 함께.

최고 지휘자가 두 명인 함선의 분위기는 좋지 않았다. 하물며 그 둘이 프레드와 레이철인 상황에야. 지난 한 달간 두 팀은 크고 작은 분쟁을 끊임없이 일으켰고, 그 중심이 되는 주제는 이것이었다.

"보그나르 행성을 도와야 한다니까!"

"무슨 소리! 침략자는 보그나르 행성이라고! 당연히 카느다르 행성을 도와야지!"

"그 거짓말을 어떻게 믿어! 보그나르 행성은 도시에 핵폭탄이 떨어져서 수십만 명이 사망했다고!"

"그거야말로 거짓말이지!"

프레드와 레이철은 한 달 전 도착한 구조 신호 해석본을 서로에게 들이밀며 날마다 전쟁을 했다. 그 내용이 워낙 서로 간절하였기에, 둘은 본인의 판단에 확신을 하고 있었다.

「부디 보그나르를 구해주십시오! 평화롭게 지내던 저희 별은, 어느 날 하늘에서 떨어진 핵폭탄과 함께 지옥이 되었습니다. 우리의 수도는 형체를 알아볼 수 없을 정도로 처참하게 망가졌고, 지옥의 악귀 같은 카느다르 놈들은 우주선을 몰고 와 곡창 지대부터 약탈을 시작하여…….」

「오 신이시여, 카느다르를 살려주세요! 노예로 팔려 가는 어린아이들의 비명이 지금도 귓가에 선합니다. 잔악한 보그나르인들이 전쟁을 일으킨 이유는 그저 사냥 놀이를 하기 위해서입니다. 외교를 가장하여 접근해 온 그들은…….」

구구절절한 구조 신호는 타이탄급 함선의 출동을 허락하게 했다. 만약 마음만 먹는다면, 두 행성을 한순간에 제압할 힘이 있었다. 다만, 그 사용법에 대한 두 팀장의 견해는 달랐다.

프레드 팀은 매일 무기를 점검했다.

"압도적인 무력을 보여주는 것이 평화의 가장 빠른 방법이지."

레이철 팀은 그것이 못마땅했다.

"그 무기를 실제로 쓸 생각은 절대 하지 마! 정석대로 '우주구호국 휴전서'를 제시하고, 휴전 협정 자리를 마련하고 유도하는 게 우리 일이니까!"

프레드 입장에서는 레이철 생각이 속 편한 소리였다.

"참 나, 행성 간의 전쟁이라고. 그렇게 질질 시간을 끄는 사이에 몇 명이나 죽을지 몰라? 그냥 카느다르 행성의 지도부를 날려버리고 시작하는 게 더 많은 생명을 구하는 일이 될걸."

"웃기고 있네! 카느다르 행성은 피해자라고!"

"감성팔이에 당해서는, 쯧. 하여간에 예전부터."

"예전부터 뭐? 뭐? 너야말로 예나 지금이나 생각 없이 텅 빈 머리로 사니까……."

"뭐? 텅 빈?"

두 팀장의 싸움은 지겨울 정도로 매번 비슷하게 진행됐다. 결국에는 과거사를 들추고, 네 탓이니 내 탓이니…….

그때가 되면 팀원들은 조용히 자리를 빠져나가는 것밖에 할 일이 없었다. 두 팀장은 공과 사를 구분 못 한 본인들의 모습을 뒤늦게 부끄러워하지만, 시간이 지나면 또 같은 과정이 반복되었다.

그 끊임없는 싸움이 멈춰진 건, 보그나르와 카느다르 행성이 가시권에 들어왔을 때였다.

"저게…… 뭐야?"

"이런! 우리가 너무 늦었군."

직전까지도 보그나르의 편을 들어야 한다느니, 카느다르를 먼저 들러야 한다느니 떠들던 두 팀장은 할 말을 잃었다.

두 행성이 모두 완벽한 폐허가 되어 있었다.

"세상에! 어떻게 이 정도로……."

"서로를 향해 핵폭탄을 마구잡이로 쏘아대다가 공멸했다고밖에는 설명할 수 없겠군."

우주선이 두 행성 근처에 도달하고 난 뒤, 더 자세히 살핀 광경은 처참했다. 부서진 우주선의 파편이 온 주변을 떠다니고, 크

레이터로 가득한 두 행성은 완벽한 회색 지대였다. 행성에 도시의 흔적은커녕, 풀이나 바다 같은 생명의 흔적 하나 보이지 않았다. 땅은 녹아내린 듯했고 온통 방사능투성이였다.

프레드가 고개를 흔들며 말했다.

"하긴, 한 달이나 걸린 거리였으니까. 쩝. 이 변방까지 힘들게 날아와서 빈손으로 돌아가게 생겼군."

프레드는 대충 보고용 영상만 확보하고 우주선을 돌리려 했다. 한데, 레이철이 반대했다.

"잠깐, 그냥 가자니? 행성에 생존자가 있을지 모르잖아!"

"딱 보면 몰라? 저기에 생명이 살겠냐? 오는 길에 수없이 보았던 돌덩이에 불과하다고 저건. 그것도 더러운 방사능으로 가득한 별 말이야."

"그래도 수색은 해야지! 우리 팀은 카느다르로 내려갈 거니까, 당신네 팀은 여기서 잠이나 퍼 자면서 기다리든가!"

레이철의 도발에 발끈한 프레드는 바로 팀을 돌아보았다.

"우리도 보그나르로 내려간다! 보고할 때 자기들만 일하고 우린 놀았다고 할 작정인가 본데, 그럴 순 없지! 다들 준비해!"

잠시 뒤, 모선에서 두 척의 우주선이 각각 두 행성을 향해 출발했다.

* * *

"염병! 이런 곳에 생존자가 있겠냐고!"

행성에 진입 후, 우주선 스크린을 보던 프레드가 투덜거렸다. 아무리 수색해도 회색빛 땅덩어리밖에 없었다. 그나마 감탄사를 내뱉을 여지는 있었다.

"진짜 핵폭탄을 아주 골고루도 쐈네. 지나가다 보면 문명이 있었던 별이라곤 상상도 못 하겠군."

고개를 흔든 프레드가 인제 그만 대충 올라가자는 명령을 내리려던 그때, 팀원 하나가 황급히 말했다.

"엇? 희미하게 전기 신호가 잡히는데요, 팀장님?"

"뭐? 어디? 바로 이동해!"

프레드의 얼굴에 화색이 돌았다. 예상한 건 아니었지만, 만약 작은 성과라도 낸다면 레이철 팀에게 한 방 먹일 수 있을 것 같았다.

우주선이 빠르게 이동하고, 팀원이 말했다.

"진원지가 아무래도 지하 같습니다."

"지하? 지하 벙커라고? 오! 모두 하선 준비해!"

프레드는 기쁜 얼굴로 방호복을 입기 시작했다. 그 모습을 본 한 팀원이 물었다.

"아! 전투복으로 갑니까?"

"당연하지!"

프레드는 뭘 그런 걸 묻냐는 듯 말했다.

"완전 무장하고 가야지! 생존자들이 있다면 당연히 우리를 적으로 보지 않겠나? 핵전쟁 속에서 벙커로 숨어든 이들이라고! 찾아오는 상대는 모두 적이라고 판단하는 게 합리적인 생존 방식 아니었겠어?"

"이…… 예!"

잠시 뒤 우주선이 목적지에 도착하고, 완벽하게 전투태세를 갖춘 프레드 팀이 지상으로 내려섰다. 함께 데려간 로봇의 레이저로 목적지의 땅을 파헤치니, 제법 깊은 위치에서 철문이 드러났다.

투박한 쇠문을 본 프레드의 인상이 찌푸려졌다.

"어째 생존자가 있을 것 같은 분위기가 아닌데."

로봇이 문을 강제로 열고, 프레드가 앞장섰다. 끝도 없이 이어지는 긴 통로를 총구에 달린 라이트로 비추면서 프레드는 확신했다.

"사람은 없어. 여긴 사람이 숨는 곳이 아니야."

쓰레기 하나 없이 너무나 깨끗한 통로의 끝에는 또 두꺼운 철문이 하나 세워져 있었다. 그 문을 열고 들어간 프레드 팀은, 무장 태세를 해제했다.

"여긴…… 기록실인가?"

프레드의 감상대로, 원형의 방 안에는 각종 자료들이 차곡차곡 쌓여 있었다. 디지털 데이터부터, 종이책과 인화된 사진들까지. 조사에 들어간 팀은 잠시 뒤 한 가지 결론을 내렸다.

"보그나르 별의 모든 역사와 문명을 기록한 곳이야. 놀랍군. 행성이 멸망하는 동안 이걸 보관할 생각을 하다니. 아니, 평소에 미리 준비한 것일까?"

"종족의 멸망 앞에서 그들이 가장 중요하게 생각한 건 기록이었군요?"

"그래. 이해는 할 수 있겠다. 생명은 한계가 있어도, 기록은 영원하니까."

프레드는 우주선으로 지원을 요청하며 말했다.

"이것들을 모두 가져가도록 하지. 누군가는 그들이 이 우주에 존재했었다는 걸 기억해야 하니까."

로봇이 모든 기록을 우주선으로 옮기는 동안, 보그나르 행성의 최신 기록을 살펴보던 프레드의 표정이 일그러졌다.

"이런! 빌어먹을!"

"왜 그러십니까?"

프레드가 기록을 넘겨주며 말했다.

"젠장 할, 보그나르가 선방을 때렸어."

기록을 간략하게 말하자면, 보그나르 행성의 모든 자원이 고갈되어가고, 이주할 행성을 찾는 큰 프로젝트가 실패했으며, 결국 동맹 행성이었던 카느다르를 침략하기로 결정했다는 내용이었다.

"이 소식을 들은 레이철의 얼굴이 상상되는구나, 염병!"

프레드는 고개를 절레절레 흔들며 한숨을 내쉬었다.

* * *

"팀장님 아무래도…… 아무것도 없는 것 같은데요?"

"안 돼! 철저하게 조사하라고! 지하로 대피했을 수도 있잖아? 우주선 고도를 더 낮춰봐!"

레이철은 초조했다. 아무리 카느다르 행성을 수색해도 보이는 것이라고는 핵폭발로 녹아내린 회색 땅덩어리뿐이었다. 이대로 아무 성과 없이 돌아간다면, '그것 봐 내가 뭐랬어?' 하며 빈정거릴 프레드의 얼굴이 떠올라 벌써부터 짜증이 났다.

다행히도, 그녀의 걱정을 덜어줄 대답이 있었다.

"아! 팀장님! 전기 신호가 잡히는, 아! 벙커! 지하 벙커가 있나 봐요!"

"그렇지! 내가 생존자가 있을 거라고 했잖아! 생체 신호 감지 돼?"

우주선이 신호를 향해 다가가는 동안, 레이철이 요란스럽게 지시를 내렸다. 방호복을 챙겨 입고, 구호 물품을 챙기고, 그리고 커다란 로봇에게 하얗고 큰 깃발을 하나 들렸다. 하선하기 직전, 팀원 하나가 물었다.

"저, 무기는 준비 안 합니까, 팀장님?"

"최소한의 무기만 소지하고, 겉으로 드러나는 것들은 모조리 두고 가. 상대방에게 괜히 경계심과 적대감만 준다고. 숨어버리면 어떡해? 로봇한테 백기를 크게 흔들게 하고! 구호 물자를 앞세워서 적의가 없다는 걸 확실하게 표현해!"

목적지에 하선한 레이철 팀은 조심스럽게 접근했다.

"아무 반응이 없는데요, 팀장님?"

"모르지, 무서워서 숨어 있는지도. 일단 계속 웃으면서 손을 들어. 공격할 의사가 없음을 확실하게 보이라고! 에이 씨, 저 로봇은 왜 또 저렇게 커?"

레이철 팀이 피라미드의 꼭지같이 땅에 작게 솟아오른 목적지까지 도착할 동안, 벙커 쪽에서는 아무런 반응이 없었다. 팀원 하나가 기계를 조작하며 고개를 흔들었다.

"안에서의 생명 반응이 없어요."

"아…… 확실해?"

"네, 아마 사람들이 미처 대피하지 못했거나, 안에서 모두 사망했거나……."

레이철의 표정이 어두워졌다. 곧 그녀가 로봇에게 손짓했고, 로봇이 직접 조심스럽게 입구를 파 내려갔다.

잠시 뒤 지하로 향하는 문이 드러나자, 레이철 팀은 로봇을 앞장세워 천천히 진입했다. 계속해서 아래로 깊이 들어간 결과, 거대한 센터에 도달했다.

"어? 여긴 거주 목적이 아닌데?"

레이철의 첫 감상대로, 체계적으로 구역이 나뉘어 있는 그곳의 정체는 비상 대피소가 아니었다. 한쪽 방에서 작은 병 하나를 들고 나온 팀원이 말했다.

"씨앗 은행…… 종자 저장소입니다. 다양한 식물의 씨앗이 가득합니다."

"노아의 방주였네. 카느다르인들은 미래를 생각할 줄 아는 이들이었어."

레이철과 팀원들은 종류별로 분류된 종자들을 보며 감탄했다. 그때, 안쪽 깊숙이 탐사에 나섰던 팀원이 매우 놀라서 돌아왔다.

"팀장님! 여기 진짜 노아의 방주가 맞는데요! 저기 안에 어마어마한 정자와 난자가 동결 보존돼 있습니다!"

"뭐? 진짜?"

레이철 팀은 당장 안쪽으로 가 확인했다. 그곳에는 인간의 것과 매우 유사한 해부도와 함께 수많은 정자와 난자가 있었다. 뿐만 아니라 각종 동물의 해부도는 물론 그것들의 수많은 정자와 난자도 동결 보존되어 있었다.

환희에 차 보존물을 살피던 레이철이 힘차게 고개를 끄덕였다.

"그래! 벙커에 숨어봤자 영원히 살 순 없으니, 종 그 자체를 보존하겠다는 선택을 했네! 현명한 선택이야. 카느다르는 멸망하지 않았어. 최후의 승자라고!"

레이철은 팀원을 돌아보며 기쁘게 지시했다.

"시간이 걸리더라도, 최대한 모두 안전하게 우주선으로 옮겨! 몽땅 다!"

* * *

레이철의 우주선이 함선으로 늦게 복귀했을 때, 맞이하는 프레드의 표정은 그다지 좋지 않았다.

레이철이 빙긋 웃으며 프레드에게 물었다.

"벙커를 발견했다며? 생존자는 있었어?"

프레드는 고개를 흔들며 답했다.

"아니. 벙커에 있는 건 기록이었어. 보그나르인의 문명과 역사가 들어 있는……."

"박물관으로 갈 것들이네."

레이철의 평가에 프레드는 할 말이 없었다. 대신 되물었다.

"그쪽 벙커는?"

"노아의 방주야. 수억 개의 식물 씨앗과 수억 개가 넘는 인류의 난자와 정자, 동물 정자와 난자가 있었어. 모두 안전하게 확보했고. 그들은 이제 새로운 행성에서 다시 시작할 거야."

자신 있는 레이철의 표정을 보며 프레드가 씁쓸하게 말했다.

"그래. 한쪽은 기록으로나마 영원히 남기를 바랐고, 다른 한쪽은 마지막 순간까지도 희망을 포기하지 않았네. 끝까지 희망을 포기하지 않은 쪽이 이겼군. 마치 끝까지 포기하지 않은 너처럼."

프레드의 태도는 레이철을 웃음 짓게 했다.

"그렇게 생각해?"

프레드는 고개를 끄덕이며 깔끔하게 인정했다.

"그래. 먼저 침략해서 전쟁을 일으킨 건 보그나르였어. 그쪽이 선이었고. 레이철 네가 이겼어."

"인정할 줄은 몰랐는데……."

조금 놀란 듯한 레이철의 말투에, 프레드가 이제는 덤덤한 얼굴로 말했다.

"기록은 거짓말을 하지 않으니까."

"하하 기분 좋네. 아, 오해하지는 말고. 그들을 위해서 해줄 수 있다는 게 좋은 거니까."

"그래. 카느다르 행성이 전쟁 피해자라는 게 명확한 이상, 전쟁 피해 복구 시스템을 승인해야겠지. 돌아가면 나도 적극적으로 어필할게."

"고마워."

레이철은 오랜만에 프레드를 향해 맑게 웃었다. 프레드도 조금은 그 비슷한 웃음을 지어주었다.

돌아가는 길의 우주선 분위기는 오던 때와는 좀, 다를 것 같았다.

* * *

우주구호국에 의해, 카느다르인들이 살기에 적합할 만한 빈 행성이 확보되었다. 그곳에서 카느다르 행성 재건 사업이 펼쳐졌다. 레이철 팀이 책임을 맡았고, 지원한 프레드 팀이 보조했다.

행성을 재건하는 데에 적합한 대기 환경을 맞추고, 식물 생태계를 조성하는 등의 작업도 중요하지만, 역시 가장 중요한 건 카느다르인을 수정해서 부활시키는 것이었다.

얼마 지나지 않아 으애앵 하는 아기 울음소리가 들리기 시작했다. 레이철이 바로 그 현장에 있었다.

보관되어 있던 정자와 난자를 통해 시범적으로 탄생한 열 명의 아기들은, 초록 피부와 작은 뿔을 달고 있었다. 꽤 귀여웠다. 창 너머로 그 모습을 지켜본 레이철이 흐뭇하게 웃으며 팀원에게 말했다.

"진짜 귀엽다. 지능 수준도 인간과 비슷하다며?"

"네. 만약 주변 우주 환경만 좋았다면 인류처럼 발전했을 수도 있었을 겁니다. 그 주변에 이주할 만한 별이 하나도 없었기 때문에……."

"하긴. 여기서 한 달이나 걸리는 변방이었지?"

레이철은 창 너머 울어대는 아기들을 향해 손으로 죔죔을 해 보였다. 그때, 복도 저편에서 프레드가 다가왔다.

"카느다르인들 태어났다며?"

"어, 와서 봐봐. 진짜 귀여워."

레이철이 창 너머를 가리키며 프레드를 부르고, 도착한 프레드가 아이들을 보았다. 프레드의 몸이 순간적으로 굳었다.

"어? 뭐야?"

레이철이 의아하게 바라보자, 프레드가 떨리는 목소리로 말했다.

"이게 어떻게 된 일이야? 보그나르인이랑 똑같이 생겼잖아. 내가 기록으로 봤던 그 보그나르인 말이야!"

"뭐라고?"

레이철의 두 눈이 휘둥그레졌다. 두 사람은 멍청한 얼굴로 서로를 바라보았다.

어쩐 영문인지는 보그나르인의 오래된 종이 기록물에서 알아낼 수 있었다. 프레드 팀이 레이철 팀을 보조하며 보그나르인 기록에 대한 연구가 관심 밖으로 미뤄진 탓이었다.

"그러니까, 보그나르인이랑 카느다르인이랑 원래 같은 조상을 갖고 있었다는 거지? 조상들 일부가 행성 이주를 했지만, 오랜 시간이 지나며 남이 된 거고?"

"그래. 그러다가 핵전쟁을 일으키고, 다 같이 공멸해버린 거지. 씁쓸하네."

레이철과 프레드는 역사의 아이러니에 고개를 흔들었다. 레이철이 창 너머로 잠든 아기들을 바라보며 안타깝게 말했다.

"어차피 서로가 같은 종이었는데 왜 그런 전쟁을 한 걸까……. 서로를 멸종시킬 정도로 엄청난 증오의 전쟁을 말이야."

프레드가 씁쓸하게 말했다.

"원래 하나였다고 해도, 갈라지면 남이야. 행성과 행성의 거리만큼 마음도 멀어진 거겠지. 서로를 보그나르인, 카느다르인이라고 부르기 시작하면서 그들은 진짜 다른 종족이 되어버린 거야. 인류도 예전에 같은 실수를 저지른 적이 있었어. 서로를 사는 행성으로 나누고, 국가로 나누고, 피부색으로 나누고⋯⋯ 어리석은 시절이었지. 어쩌면 인류의 미래도 녹아내린 회색빛 땅덩어리였을지도 몰라."

"그래⋯⋯ 너무 끔찍한 일이야."

레이철은 슬픈 눈으로 창 너머 초록빛 아기들을 지켜보았다. 프레드의 손이 자연스럽게 그녀의 어깨 위로 올라갔다. 레이철이 아기들에게서 시선을 떼지 않은 채 말했다.

"있잖아. 카느다르라는 종족명 말이야. 새로운 행성에서 새롭게 시작할 그들의 이름을 '카보나르'로 바꾸고 싶어. 내게 그런 권한이 있을까?"

"⋯⋯헤어진 그들을 하나로 합쳐주고 싶은 거야?"

말이 없는 레이철의 어깨를 프레드의 손이 토닥였다.

"그럴 수 있을 거야. 내가 도와줄게."

"고마워."

레이철이 프레드의 손등을 꽉 잡았다. 괜히 옆으로 고개를 돌린 프레드가 중얼거렸다.

"허탈하군. 넓은 의미로, 종 보존의 의미로 생각해보자면, 침략자 보그나르 행성도 결국 승자가 되는 건가?"

"글쎄."

레이철은 아무래도 좋았다. 둘이 하나가 되었다는 사실이 중요할 뿐.

* * *

행성 보그나르, 카느다르는 모든 자원이 고갈된 상태였다. 지금의 기술력으로 이주할 수 있는 행성도 찾아내지 못했다. 그들은 고심에 고심을 거듭한 끝에 결정했다.

「어차피 이대로 가다가는 멸종밖에 없습니다. 차라리 우리는 모두가 목숨을 바쳐서라도 종을 이어가야 합니다.」

「목숨을 바쳐서까지 종을 유지하는 게 대체 무슨 의미가 있지요?」

「우리가 살아온 삶이 무의미해지지 않도록 하기 위함입니다. 유한한 생명이 유의미한 이유는 미래로 연결되기 때문입니다. 기록이든, 종이든, 우리는 계속되어야 합니다.」

「그럼, 그것이 어떻게 가능하단 말입니까? 우린 아무것도 팔 게 없는, 모든 자원이 고갈된 변방의 행성일 뿐입니다.」

「그렇기에 우린 할 수 있습니다. 우리는 이제부터 거짓으로 전쟁을 치를 겁니다. 핵전쟁으로 두 행성을 남김 없이 파괴해야 합니다. 그 전에 우린 저 멀리 '우주구호국'으로 각각 구조 신호를 보낼 겁니다. 그들의 구호법 체계를 믿는 겁니다.」

「그 말은……?」

「간단하게 말하자……면, 그러니까 우리 지금부터 보험 사기를 치자는 말입니다. 행성 규모의 보험 사기를 말입니다.」

텅 빈 거품

해도연

1

파란 액체 속을 떠다니던 동그랗고 얇은 금속이 짧고 강하게 진동했다. 금속 주변에서 눈송이 같은 하얀 결정이 생겨나더니 어느새 결정은 금속을 뒤덮고 주변으로 퍼져나갔다. 날카롭지만 부드러운 결정은 파란 액체를 빠르게 잠식하며 열을 쏟아냈다. 액체는 순식간에 사라지고 뜨겁고 하얀 결정만이 공간을 차지했다.

상미는 달아오른 손난로를 조심스럽게 주물렀다. 숨을 쉴 때마다 입김이 나왔다. 식탁 위에 놓인 커피는 빠르게 식어갔다. 상미는 손난로를 재킷 가슴 주머니에 집어넣고 커피를 마셨다. 마시기 좋은 온도였다.

노크 소리. 상미는 커피를 삼키고 대답했다.

"누구세요."

"나요."

집주인이었다. 상미는 자그맣게 욕설을 뱉으며 현관을 향해 걸어갔다. 찬 공기를 잔뜩 들이마신 다음 문을 열었다. 집주인은 평소와 다름없는 짜증 가득한 표정으로 문 앞에 서 있었다. 역시 언제나처럼 불쾌한 시선으로 상미의 집 안을 살폈다.

"저건 뭐야?"

집주인은 턱으로 집 안 구석을 가리키며 말했다. 지난번엔 그 나이에 애들 장난감이나 사 모으냐며 잔소리를 했는데 이번엔 무슨 소리를 할까. 상미는 속으로 평상심을 부르짖으며 천천히 대답했다.

"망원경이에요. 지난달 벼룩시장에서 샀어요."

"망원경? 아직도 그런 걸 만져? 우리 할아버지가 좀 만졌었는데. 아가씨 취미가 왜 그래?"

이 새끼가. 상미는 입을 다문 채 송곳니로 입술을 살짝 깨물었다.

"지난달에 샀으면, 돈 좀 있었다는 거네. 요즘 아르바이트도 매일 나가고 있고. 근데 월세는 왜 자꾸 밀려?"

그거야 당신이 자꾸 올리니까. 상미는 반항의 의미로 일부러

늦게 내고 있었지만, 집주인은 그런 걸 읽을 수 있는 수준이 아니었다.

"신뢰가 중요해, 신뢰가. 저런 골동품 사서 모을 때가 아니야. 젊은 아가씨가……."

"신뢰 타령할 거면 저 망할 보일러나 고치라고! 젊은 아가씨 얼어 죽어서 월세도 못 내기 전에!"

상미는 더 참지 못하고 소리쳤다. 집주인은 놀라 어깨를 들썩이며 잠시 말을 잃었다. 상미는 손바닥으로 얼굴을 한번 문지르고는 목소리를 낮춰 말했다.

"뭐 하러 왔어요? 월세는 냈잖아요. 보일러 고치러 온 거도 아닐 거고."

집주인은 억지로 아무렇지도 않다는 표정을 지으며 노란색 쪽지 하나를 내밀었다.

"이거, 문 앞에 붙어 있었어."

상미는 쪽지를 집어 들었다. 거친 글씨로 장소와 시간이 쓰여 있었다. 시간은 두 시간 뒤였고 장소는 자전거로 30분 정도 걸리는 곳이었다. 하지만 이름은 없었다.

"거, 혹시 사고 친 건 아니지? 쪽지가 남자 글씬데 남자랑 엮여 있다거나."

상미는 시선을 쪽지에 고정한 상태로 문을 세게 닫았다. 문이

집주인의 코끝을 거의 스친 건 알고 있었다.

*

해가 지기 시작했다. 구름 하나 없는 하늘이 밋밋한 노을로 차올랐다. 상미의 자전거는 동쪽으로 난 길을 달리고 있었기 때문에 왼쪽으로는 남색 하늘이, 오른쪽으로는 주황색 하늘이 펼쳐졌다. 상미는 밤과 낮이라는 두 시간의 경계를 달리는 기분이 들었다. 조금만 방향을 틀어도 균형이 깨질 것 같았다. 하지만 결국 시간은 밤을 향해 흐트러질 것이라는 걸 상미는 알았다.

쪽지에 적힌 장소는 호숫가 공원 구석에 있는 낡은 놀이터였다. 상미는 자전거를 그네 옆에 세웠다. 그네에 앉을까 생각했지만, 손만 대도 부서질 것처럼 녹이 잔뜩 슬어 있어서 그만뒀다. 대신 미끄럼틀 아래로 들어갔다. 주변에 하나밖에 없는 나트륨 가로등의 주황빛이 닿지 않는 곳이었다.

"글씨는 여전히 형편없네."

상미의 목소리가 텅 빈 놀이터 반대편의 분수대에 닿았다. 메마른 분수대 뒤에서 사람 그림자가 흘러나왔다. 그림자의 발끝 위로 비스듬하게 선 사람은 허름한 후드 티와 구멍 난 청바지를 입고 있었다. 누구도 세계정부 관계자라고는 생각하기 힘든 모습이었다.

"오랜만이야, 조슈."

조슈는 주위를 한번 둘러보고는 상미 옆으로 바싹 다가왔다. 조슈의 팔이 자연스럽게 자신의 허리를 감싸자 상미는 조금 놀랐다. 하지만 차갑게 식은 밤공기 사이로 작게나마 더해지는 체온은 나쁘지 않았기에 그냥 내버려뒀다. 조슈는 작은 목소리로 말했다.

"너 또 무슨 사고를 치려고 하는 거야?"

너한테 그런 말을 듣고 싶지는 않아. 상미는 옛일을 떠올리며 조슈의 팔을 밀어냈다. 역시 아닌 건 아닌 거니까.

"사고라니. 너 우리 집주인이랑 입이라도 맞춘 거야?"

"블로그 말이야. 거기에 이상한 거 업로드하고 있지?"

"그게 왜? 일주일에 한 명밖에 안 들어오는데."

"그 한 명이 나고, 다른 사람이 못 들어오게 하고 있는 것도 나야."

"뭐?"

상미는 성난 목소리를 내며 조슈를 향해 몸을 돌렸다. 블로그는 수십 년 전에 잠깐 유행하다가 자취를 감춘 후 최근에 빈티지 웹이 유행하면서 다시 모습을 드러내고 있었다. 조슈가 떠난 이후로 전전하던 취미 중 그나마 오래 이어가고 있는 것이었다. 그런데 옛 연인, 아니 그냥 옛 연인도 아니었다. 약속을 깨고 사라진 옛 약혼자가 내 블로그를 혼자 확인하며 다른 사람의 접근을 막고 있었다니. 분노와 불쾌함, 그리고 약간의 설렘이 섞인 묘한 기분이 상미를 자극했다. 왜 설렘이 묻어 있을까. 다시 만나면 죽여버리겠다고 몇 번이나 다짐했었는데.

조슈는 담배 한 개비를 입에 물어 불을 붙이며 말했다.

"망원경 끄적거리던 사람들 어떻게 됐는지 잘 알잖아."

조슈가 느긋하게 한 모금 들이켜자 상미가 담배를 뺏어 자기 입에 물어 피웠다. 상미는 감정을 가라앉히고 이야기에 집중하며 말했다.

"천문학자들은 조기 은퇴하고 아마추어들은 재산 몰수당했지. 학생들은 좋든 싫든 일찌감치 기업에 취직하고."

"잘 아는 녀석이 왜 그러는 거야?"

"책상이 낡아서 벼룩시장 돌아다녔는데 상인 하나가 상태 좋은 반사망원경이 하나 있다고 슬쩍 흘리더라고. 게다가 추적기 달린 적도의 가대까지 있다면서. 호기심에 하나 사버렸지. 사용법이나 자료 처리는 옛날 할아버지한테 배웠었고."

"그 할아버지가 너한테서 망원경을 뺐었던 장본인이잖아. 널 지키려고."

"꼰대 할아범이었으니까. 날 지키려고 그런 게 아니라 직업변경보상금 못 받을까 봐 그런 거야. 어쨌거나, 그렇게 이 별 저 별

관측하고 하다 보니 재밌는 걸 발견해서."

상미는 길이가 제법 짧아진 담배를 조슈에게 돌려줬다. 조슈는 담배 끝을 살짝 털고는 입에 물었다.

"재미로 한 것치고는 너무 깊게 갔던데. 버려진 천문대 서버까지 뒤지고. 상미다운 모습이기는 하지만."

"그래서 도대체 무슨 말을 하러 온 거야? 다시 시작하자는 말은 하지 마, 남의 블로그를 혼자 독점하는 변태 놈아."

조슈는 담배를 미끄럼틀 기둥에 비벼 끄고는 바닥에 버렸다. 상미는 인상을 찌푸렸지만, 어차피 놀이터를 이용할 아이들이 주변에서 사라진 지 오래였기 때문에 말리지는 않았다.

"널 구하러 온 거야. 아니, 우릴 구하러 온 거지. 네가 블로그에 올렸던 거, 다시 설명해줘."

*

상미는 낡은 모텔 벽에 컴퓨터 화면을 투영했다. 밝기가 충분하지 않아 커튼을 닫고 방의 조명을 껐다. 조슈는 침대에 걸터앉아 상미의 설명을 기다렸다. 상미가 키보드를 두드리자 벽 위로 별 하나와 그 별의 밝기 변화를 나타내는 그래프가 나타났다.

"가장 먼저 발견한 건 알파 센타우리 A•였어. 별의 밝기가 이상한 패턴으로 줄었다가 다시 회복하길 반복하더라고. 그래서 암시장에서 버려진 천문대 서버 계정을 하나 따와서 옛날 관측 자료를 뒤져봤어. 그랬더니 비슷한 감광(減光) 현상을 나타낸 별들이 몇 개 있더라고. 게다가 그렇게 찾은 모든 별에서 이런 현상이 모두 3년씩 일어났어."

상미의 손가락을 따라 화면 위로 별과 그래프가 여러 개 추가되었다. 화면 오른쪽에는 별들의 이름이 나열되었다.

글리제 783 → 글리제 784 → 글리제 832 → 라카유 8760 → 엡실론 인디 → 라카유 9352 → 로스 154 → 바너드별 → 알파 센타우리 A

"이건 별들을 감광 현상이 시작된 순서대로 연결한 거야."

조슈는 고개를 갸우뚱했다. 상미는 이해한다는 듯 끄덕이며 화면을 바꿨다. 이번엔 검은 배경 위로 가운데에 밝은 점이 하나 있고 주변에 수십 개의 점이 뿌려져 있는 모습이었다. 그중 몇 개는 빨간색이었다.

"가운데 있는 게 태양계고 다른 점들은 그 주변에 있는 별들의 위치를 나타낸 거야. 그리고 방금 보여준 별들이 빨간색 점들이고. 이것들을 감광이 일어난 순서대로 이으면 이렇게 돼."

빨간색 점들 사이를 노란색 선이 달리면서 하나씩 연결했다.

• 센타우루스자리의 알파별 중 하나. 알파 센타우리 B와 함께 쌍성계를 이루고 있다. 프록시마 센타우리 다음으로 태양계에 가장 가까운 별로 약 4.37광년 떨어져 있다.

마지막으로 바너드별이라고 쓰여 있는 별에 이르자 조슈는 감탄한 듯 입을 살짝 벌렸다. 이리저리 왔다 갔다 하기는 했지만, 분명히 한곳을 향해 나아가고 있었다. 상미가 조슈를 바라보며 말했다.

"이 현상의 원인이 무엇이든 간에, 그 원인이 되는 무언가가 태양계를 향해 다가오고 있어. 그래서 이번 모든 별의 감광 패턴을 따로 분석해봤어. 별의 밝기가 어두워지는 패턴으로 별빛을 가리는 물체의 형태를 짐작해본 거야. 감광의 주기나 깊이를 봤을 땐 절대 행성은 아니라서 골치 아팠는데…… 처음엔 잘 안 돼서 포기하려고 했어. 그런데 마침 옆에 있던 장난감 하나가 눈에 들어오더라고. 벼룩시장에서 주워 온 거였는데, 애들 장난감 중에 안으로 구기면 조그만 성게 같은 모양이지만 바깥으로 당기면 커다란 공이 되는 게 있잖아?"

"블로그에서 본 거 같아. 무슨 스피어랬나."

"호버만 스피어. 여섯 개의 고리가 서로 엮여서 하나의 구를 만들고 있는 거야. 십이이십면체(十二二十面体)의 모서리를 여섯 개의 원으로 치환시킬 수 있는 걸 이용해서 만들어진 건데……."

상미는 조슈의 표정을 살폈다. 이미 충분하다는 표정이었다. 휴대폰이 사라진 이후로 호버만 스피어 같은 간단한 장난감은 누구나 사용해봤다. 조슈도 이름만 몰랐을 뿐 알고 있을 게 분명했다.

"호버만 스피어가 별을 둘러싸고 있다고 가정하니 지금까지 나타난 모든 별의 감광 패턴이 정확히 설명됐어."

조슈가 침대에서 일어났다.

"별을 둘러싼 거대한 구체 구조물이라고?"

상미는 조슈가 무슨 말을 할지 예상할 수 있었다.

"다이슨 스피어•란 말이야?"

"엄밀히 말하면 호버만 스피어의 형태를 한 다이슨 구조물이지."

"그게 지금 태양을 향해 다가오고 있다?"

"맞아. 그게 지금은 알파 센타우리 A까지 와 있어. 내가 처음 본 게 3주 전이고 여기서 4.47광년 떨어진 곳이니 실제로는 늦어도 4.5년 전에는 이 호버만-다이슨 스피어가 알파 센타우리 A에 도착한 거지."

조슈는 잠시 입을 다물고 생각했다. 그리고 말했다.

"그럼 거기서도 3년을 머문다고 하면 1.5년 전에는 거기서 떠났을 거고 빛의 속도로 이동해도 태양계까지 4.5년이 걸리니까…… 3년 뒤에는 우리 앞에 나타날지도 모른다는 거군."

• 태양과 같은 별을 둘러싸고 그 별의 에너지를 이용하는 인공 구조물.

"가까운 곳에 알파 센타우리 B도 있고 프록시마 센타우리[••]도 있으니까 거기도 들른다면 10년 정도 걸릴지도 몰라. 근데 그렇게 단순한 문제가 아니야. 어쩌면 지금부터 설명하는 게 더 중요한 사실일지도 모르고."

상미가 다시 화면을 조작해 별들을 한 줄로 세웠다. 별들은 직선으로 이어졌고 직선 위에는 별들 사이의 거리가 나타났다. 조슈는 침대에 돌아가 앉았다.

"글리제 784와 글리제 832는 각각 지구에서 20.2광년, 16.2광년 떨어져 있어. 그리고 서로는 6광년 정도 떨어져 있고. 글리제 784에서 감광이 관측된 건 2044년 1월부터 2047년 1월까지. 그리고 그다음 경로에 있던 832에서는 2045년 7월부터 2048년 7월까지. 1.5년 정도 겹치는 시기가 있었지. 하지만 그다음인 라카유 8760의 감광은 2048년 8월부터 2051년 8월까지였어. 이때는 겹치는 기간이 없지만 겨우 한 달 정도 차이였지."

조슈의 표정에는 아무런 변화가 없었다. 상미가 그다음 말을 하기 전까지는.

"정말 무언가가 이동하고 있는 걸까? 하나의 물체가 다가오고 있는 거라고 가정해서 거리와 기간을 간단히 계산을 해보면……

[••] 태양에 가장 가까운 별. 4.24광년 떨어져 있으며 알파 센타우리 A/B와는 0.2광년밖에 떨어져 있지 않다.

별을 둘러쌀 만큼 거대하고 복잡한 이 호버만-다이슨 스피어는 별과 별 사이를 빛보다 10퍼센트나 빠르게 이동하며 우리에게 다가오고 있어."

상미는 조슈가 양 손바닥으로 마른세수를 하는 걸 보고는 놀랐다. 솔직히 말도 안 되는 이야기라며 비웃음을 당하리라 생각했다. 상미 자신도 확신은 없었다. 놀라운 발견은 대개 오류니까. 하지만 조슈의 진지한 모습에 상미는 좀 더 신중하게 얘기할 걸 그랬다며 잠시 반성했다.

하지만 곧 조슈의 반응이 상미가 생각하는 것과는 다르다는 걸 깨달았다. 조슈는 손바닥 아래에서 웃고 있었다. 웃음 때문에 흐트러진 숨소리가 흘러나왔다.

"상미야, 이거 확실한 거지?"

"음, 뭐?"

"아니, 틀림없을 거야. 잘 들어. 상미야. 이젠 네가 모르는 사실을 내가 얘기해줄게. 왜 세상이 이 모양이 되었는지. 그리고 왜 내가 왜 여기까지 왔는지."

조슈가 침대에서 일어나 상미의 어깨에 손을 얹었다. 그리고 이마를 맞대었다. 둘의 키는 거의 비슷했기 때문에 코도 살짝 스쳤다. 상미는 약간 경계를 하며 턱을 안으로 당겼다. 이놈이 갑자기 왜 이래.

"유토피아 계획이라고 들어봤어? 자주 들어봤겠지. 흔한 이름이니까. 하지만 진짜 유토피아를 만들려는 계획이 진행되고 있어. 세계정부에 의해서."

상미는 자기 얘기가 제법 황당하다고 생각했지만, 이어지는 조슈의 이야기는 그것보다 더 어이가 없었다.

*

빅뱅의 메아리, 우주배경복사는 이미 오래전에 정밀한 측정이 끝났다. 우주의 탄생과 진화에 대한 많은 수수께끼를 풀어주었지만 이젠 그저 역사일 뿐이었다. 그래서 오랫동안 아무도 들여다보지 않았다. 그러던 와중, 한 천문학자 그룹이 우연히 데이터를 정리하다가 이상한 걸 발견했다. 우주배경복사를 제대로 측정하기 위해서는 지구와 태양의 움직임에 의한 도플러효과를 보정해야 하는데 그 과정에 실수가 있었다. 그 외에도 몇 가지 통계적인 문제가 있었다. 그리고 그걸 수정했더니 수상한 거품이 등장했다.

"수상한 거품?"

상미의 물음에 조슈는 손가락으로 상미를 가리키며 고개를 끄덕였다. '정확해'라고 말하는 것처럼. 과장된 행동이었다. 조슈는 설명을 이어나갔다.

주변 다른 영역보다 미세하게 온도가 더 높았던 그 영역은 관측할 때마다 더 넓어지고 뜨거워졌다. 천문학자 그룹은 그것이 구의 형태로 성장하고 있는 무언가이고 자기들이 보고 있는 건 그 표면에서 발생하고 있는 열이라는 걸 깨달았다. 그 구의 정체에 대한 힌트는 5년 뒤에 나타났다. 오래된 연구를 뒤진 과학자들은 초기우주의 급팽창과 지금의 가속팽창을 설명하기 위해 도입된 암흑에너지의 공간당 추정치가 지금 구에서 발생하고 있는 공간당 열에너지와 거의 일치한다는 걸 발견했다.

"암흑에너지는 우주를 팽창시키는 척력이기도 하지만, 가짜 진공을 유지해주는 에너지이기도 해. 뭐, 내가 잘 이해하고 있는 건 아니고. 난 그저 자료를 외우고 있는 거일 뿐이니까."

상미는 조슈의 말 속에서 '가짜 진공'을 듣자마자 떠오르는 게 있었다.

"진공붕괴가 일어나고 있다는 거야?"

조슈는 다시 한번 고개를 끄덕였다. 이번엔 손가락질하지 않았다. 상미는 오래전 과학 잡지에서 읽은 내용을 떠올렸다. 우리가 사는 우주의 진공은 진짜가 아니다. 아무것도 없는 완벽한 진공으로 보여도 사실은 그보다 더 낮은 에너지 단계가 있다. 비유하자면 우리 우주의 진공은 산 중턱에 있는 댐에 고인 호수일 뿐, 진짜 진공은 산 아래에 있는 것이다. 진공이 붕괴한다는 건 그 댐이 무너지기 시작했다는 의미였다.

상미는 주머니 속에 있던 손난로를 꺼냈다. 같은 원리였다. 손난로 안에 있던 파란색 액체는 과냉각된 아세트산나트륨 용액이었다. 평소엔 미지근한 액체처럼 보이지만 사실 그 안에 열에너지를 숨기고 있다. 거기에 금속판을 튕겨 충격을 주면 과냉각 상태가 깨지면서 숨어 있던 열이 쏟아지고 아세트산나트륨은 새하얀 고체 결정으로 바뀐다. 품고 있던 에너지를 뱉어내며 더 낮은 에너지 상태로 내려가는 것이다. 자그만 손난로 속에서 파란색 액체의 세계는 사라지고 뜨겁고도 하얀 고체만이 남는다. 그리고 시간이 지나면 차갑게 식는다. 파란 액체의 세계가 바로 지금의 우주였다.

상미가 손난로를 바닥에 떨어뜨렸다. 차갑게 식어버려 딱딱해진 손난로는 거친 소리를 내며 뒹굴다가 조슈의 발 앞에서 멈췄다. 조슈는 발끝으로 손난로를 밀어내며 말했다.

"이유가 무엇이든 진공붕괴가 어디선가 발생한 거야. 아마 네가 발견한 호버만-다이슨 스피어를 만든 녀석들이 사고를 친 거겠지. 그래서 빛보다 빠른 속도로 부리나케 도망가고 있는 거고. 별과 별을 주유소 들르듯 오가면서 말이야. 히로시마에 원폭을 떨어뜨리고 달아나는 에놀라 게이*처럼. 아까 말한 거품은 진짜 진공이 우리에게 다가오고 있는 모습이었어. 네가 발견한 게 에

놀라 게이라면 이 진공거품은 원자폭탄의 화구(火球)라고 하면 되겠지. 처음엔 나도 납득이 가지 않았어. 왜 우리가 이런 운명이 되었는지. 신이 분노하기라도 한 건지. 하지만 상미 덕분에 이젠 이해가 가. 정말 별거 아니었다는 거. 우주의 초월적인 멍청이들이 인류가 했던 짓을 반복한 거였어."

조슈는 허탈하게 웃으며 다시 마른세수를 했다. 상미의 설명은 모두 가설에 불과했고 진공거품과의 관계에도 근거는 없었다. 하지만 손가락 사이로 보이는 조슈의 얼굴에는 묘한 확신이 가득했다. 조슈는 사뭇 비장해진 어조로 말을 이었다.

"거품 표면은 광속의 99.8퍼센트의 속도로 우리에게 다가오고 있어. 천문학자들의 계산이 맞는다면 150년 뒤에는 태양계를 덮칠 거야. 그땐 인간은 물론이고 태양계 전체가 소립자 단위로 붕괴해버릴 거래. 그나마 다행인 건 대부분의 사람이 그걸 인지할 틈도 없을 거라는 거겠지."

"그게 다행인 거야?"

"덕분에 유토피아 계획이 진행될 수 있었거든. 아까도 말했지만 사실 난 진공 어쩌고 하는 거에 대해선 별로 관심 없어. 잘 알지도 못하고. 어차피 150년 뒤의 일이고."

• 1945년 8월 6일, 히로시마에 인류 최초의 원자폭탄을 투하한 폭격기.

거짓말이었다. 상미는 조슈가 진공거품을 정말 걱정한다는 걸 느낄 수 있었다.

“조금 둘러 오기는 했지만 지금부터 이야기하는 게 진짜 본론이야. 그런데…….”

조슈는 잠시 말을 끊더니 상미를 바라보며 웃는 얼굴로 다시 입을 열었다.

“배가 고프네. 좀 걷다가 간식이나 먹으면서 얘기할까?”

“바깥에 나갔다간 추워 죽을 거 같거든.”

“어차피 여기 난방도 조금 있으면 꺼질 거야. 지금은 바람도 없으니 차라리 바깥에서 움직이는 게 나을 거야.”

조슈는 상미의 태블릿 컴퓨터를 직접 꺼버리고는 먼저 옷을 챙겨 입었다. 그러고는 침대 구석에 걸려 있던 상미의 속옷도 챙겨 건넸다. 상미는 모텔의 싸구려 파자마를 바닥에 던지며 자기 옷을 챙겨 입었다. 지금 도대체 뭘 하고 있는 건지 의심이 들었지만, 일단 상미도 배가 고팠다.

*

“조금 전에 말한 천문학자 그룹은 연구 내용을 공개하지 않았어. 그게 얼마나 위험한 내용인지 알았으니까. 대신 정부에 보고했어. 피할 수 없는 우주적 재난이 다가오고 있다고. 정부는 당장

자유로운 천문학 연구를 중단시켰고 일부 선택된 자들만 다가오는 거품을 관측하게 했어. 그리고 유토피아 계획이 시작됐지."

조슈가 길거리에 버려진 쓰레기를 짓밟으며 말했다.

"어차피 150년 뒤면 모두 흔적도 없이 사라진다. 하지만 당사자들은 그걸 느끼지도 못한다. 그렇다면 그 직전까지라도 인류는 느낄 수 있는 최고의 행복을 누려야 한다. 지구의 모든 자원을 이용해 150년 동안 유지될 인류의 마지막 유토피아를 만들겠다. 멍청한 얘기처럼 들리겠지만, 진짜 그렇게 생각하고 일을 진행했어."

드문드문 놓여 있는 가로등은 어두운 공원 길을 밝히기엔 충분하지 않았다. 그나마도 세 개 중 하나는 빛을 토해내지 못했다. 유토피아와는 거리가 먼 풍경이었다. 그 괴리감이 상미를 조슈의 얘기에 집중하게 했다.

"하지만, 알다시피 지구에 인간은 너무 많고 자원은 제한되어 있어. 이미 자원과 식량이 부족해서 무너진 국가가 많았고. 모든 사람이 유토피아를 누릴 수는 없어. 그래서 관리되기 시작한 거야. 지난 십수 년 동안 이루어진 모든 사회적 마찰, 분쟁, 전쟁, 질병 대부분이 의도적으로 일어났어. 알아, 말도 안 되는 이야기처럼 들린다는 거. 하지만 결과적으로 인구는 순식간에 절반 수준으로 줄어들었고 대도시의 대부분이 몰락했고 세계는 중국과 러시아, 인도만 제외하고 모두 하나의 정부로 통합됐지. 대신 우리는 이런 반폐허가 된 곳에서 살고 있고."

조슈가 길에 쓰러져 있던 우체통을 걷어찼다. 도색이 벗겨져 부패한 동물 사체처럼 녹이 슨 우체통은 깨진 옆구리에서 낡은 엽서 몇 장을 뱉어냈다. 적어도 5년 이상은 버려진 글씨들이 누런 종이 위에 흘러내렸다.

"유토피아는 지금 호주에 건설되고 있어. 거긴 내전으로 폐허가 되었다고 알려졌지만 사실은 전혀 반대인 셈이야. 10년 뒤 유토피아가 완공될 즈음엔 인구는 다시 절반 이하로 줄어들 거고, 생존자들은 모두 아무것도 모르는 상태에서 그곳으로 이주하게 될 거야. 그 안에서 거품이 다가온다는 사실은 세계정부 관계자 일부만 알고 있을 거고. 그들이 죽고 나면 유토피아에 지구의 운명을 아는 사람은 아무도 없어. 그저 지구의 남은 자원을 철저하게 이용해 모두가 완벽하고 행복한 삶을 보낼 뿐이야. 140년 뒤, 거품이 태양계를 밀어버리기 직전까지. 그때 사람들은 통증이나 두려움은커녕 자각도 하지 못하고 사라질 거야."

인류적 안락사. 상미는 그렇게 느꼈다.

"그런데 그걸 왜 나한테 얘기하는 거야? 그런…… 말도 안 되는 거대한……."

상미는 말을 더듬을 수밖에 없었다. 도무지 현실감을 느낄 수 없었다. 하지만 조슈는 문제의 세계정부 관계자였다. 구체적으로 어떤 일을 하는지는 보안을 이유로 알 수 없었지만 중요한 일이라는 건 알았다. 2년 전 결혼식을 일주일 앞두고 일 때문에 연락이 끊겨야 할 만큼.

"난 유토피아에 갈 수 없어."

조슈가 말했다.

"뭐?"

"유토피아가 유지되는 관건은 다가올 미래를 모르는 거야. 거품이 다가온다는 사실을 아는 사람을 최소화할 필요가 있는 거지. 사람 입은 언제 미끄러질지 모르니까. 유토피아 관리에 정말 필요한 사람들만 들어갈 거야. 세계정부의 하찮은 양심이기도 해. 인구수를 줄이기 위해 분쟁과 질병을 일으켰고 교육을 망가뜨렸지만, 자기들이 살아남기 위해서 한 일은 아니었다는 거지. 내가 받을 수 있는 건 딱 혼자 살다 죽을 만큼의 자원과 유토피아 바깥의 작은 집 정도야."

"여전히 모르겠어. 도대체 나한테 왜 이 모든 걸 이야기하는 거야? 내가 발견한 거랑 도대체 무슨 상관이고…… 나한테 뭘 어쩌라는……."

상미는 혼란스러웠다. 자신의 발견을 이야기할 때만 해도 이런 엉터리 이야기를 과연 믿어줄까 걱정했었는데 이젠 그것보다 더 거대하고 믿기 힘든 이야기를 믿어야 할 상황이니까. 조슈는 상미의 그런 표정을 읽으며 말했다.

"러시아와 인도는 세계정부와 협력하기로 했어. 문제는 중국이야. 중국은 천문학 연구 중단과 인구 관리에는 협력했지만, 유토피아 건설에 동참하지 않았어. 최근에 러시아와 인도가 중국을 경계하고 있는 이유도 거기 있어. 혹시나 그들이 유토피아를 나중에 빼앗을 생각이 아닌가 의심하고 있는 거지."

조슈가 걸음을 멈추고 상미를 돌아봤다.

"하지만 아니야. 중국은 더 큰 계획을 가지고 있어."

"조슈, 뜸 좀 들이지 마."

상미는 조슈가 조금씩 키워가는 이야기가 자신을 지치게 하고 있다는 걸 깨달았다. 어차피 믿기 힘든 이야기라면 한 번에 쏟아내길 바랐다.

"중국은 지구를 탈출할 계획이야. 외계인들의 우주선을 이용해서. 중국 정부는 오래전부터 프록시마 센타우리의 외계인과 교신을 해오고 있었어. 프록시마 센타우리는 알파 센타우리에서 고작 0.2광년밖에 떨어져 있지 않지? 그 외계인들은 네가 말한 그…… 호버만-다이슨 스피어를 직접 목격했겠지. 아마 그래서 탈출선을 만든 거 같아. 중국은 그중 한 대를 받기로 한 거고. 무슨 조건인지는 알 수 없지만."

상미는 이번에야말로 할 말을 완전히 잃었다. 외계인과 지구 탈출 이야기라니. 조슈는 말을 이었다.

“난 거기에 탈 거야. 유토피아에 들어가지 못해서가 아니야. 유토피아는 거대한 기만일 뿐이야. 적어도 나는 세상이 파괴될 거라는 걸 알아. 그런 상황에서 자식을 낳으며 행복하게 살 수 있을 리가 없잖아.”

상미는 그제야 조슈가 뭔가 이상하다는 걸 깨달았다.

“조슈, 넌 중국 사정을 어떻게 알게 된 거야?”

조슈는 주변에 아무도 없다는 걸 확인한 다음 대답했다.

“난 중국에 협력하고 있어. 세계정부가 탈출선에 대해 눈치채지 못하도록.”

“뭐?”

스파이다.

“중국에서도 탈출선에 탈 수 있는 건 일부뿐이야. 하지만 네가 발견한 정보를 잘 이용하면…… 우릴 끼워줄지도 몰라.”

조슈가 상미의 양손을 잡고 말했다.

“같이 가자.”

상미는 대답하지 못했다.

“생각할 시간은 없어. 중국은 이미 탈출선에 태울 사람들을 고르고 있어. 정부 주요 인물들과 그 친인척들, 역사가, 과학자, 예

술가 들이지. 내가 알기론 수천만 명은 수용 가능해. 내가 끝까지 협력한다면 자리를 비워줄 수 있다고 했어. 너도 그 정보를 세계정부에 넘기지 않는 조건으로 목록에 넣어달라고 할 수 있을 거야. 호버만 스피어에 대해 알고 있는 중국 요직도 많지 않을 거야. 나도 몰랐고. 하지만 상미 넌 그걸 혼자 알아냈어. 중국 입장에선 네 통찰력을 높이 살 거야. 분명히."

어떻게 해야 할까. 상미는 고민했다. 이렇게 뜬금없이 지구 탈출을 제안받으리라고는 꿈에서도 상상한 적이 없으니까. 게다가 유토피아를 버려두고. 상미가 생각하기에도 세계정부의 유토피아 계획은 거대한 기만이었다. 하지만 그렇다고 만난 적도 없는 외계인이 만든 우주선을 타고 탈출하자니.

생각할 시간이 필요했다. 하지만 여기서 거절한다면 생각할 시간 따위 없을 게 분명했다. 조슈는 중요한 비밀을 발설했고 그걸 들은 상미가 협력하지 않는다면 그냥 둘 수 없을 테니까. 적어도 지금 당장은 상미에게 선택지가 없었다. 상미는 자기 손을 잡은 조슈의 손에 힘이 들어가는 것을 느꼈다. 조슈는 상미를 잡아당기더니 가볍게 안았다.

"걱정 마. 잘 해결될 거야."

상미는 조슈가 다시 나타났을 때 느꼈던 묘한 설렘을 떠올렸다. 조슈는 문제를 맞닥뜨리면 언제나 수단과 방법을 가리지 않고 해결할 길을 찾았다. 그는 자기 삶을 스스로 연출할 수 있으리라 믿는 사람이었다. 심지어 자기 자신에게 거짓말을 하면서까지. 상미는 집도 집주인도 마음에 들지 않았다. 아르바이트를 전전하는 삶도 싫었다. 조슈라면 이 지긋지긋한 상황에서 벗어날 방법을 알고 있을 것만 같았다. 상황이 이렇게 된 원인 중 하나가 바로 조슈였다고 해도. 상미가 느낀 건 애틋한 설렘 따위가 아니었다. 절박한 설렘이었다.

"난 널 용서 못 해."

상미가 말했다.

"알아. 용서 빌러 온 것도 아니야."

"이번에도 갑자기 사라지면 정말 죽여버릴 거야."

조슈는 대답하지 않았다. 대신 상미를 안은 채로 머리를 쓰다듬었다. 오랜만에 느끼는 신체적 안정감에 상미는 그 자리에서 잠들 것만 같았다.

다음 날 조슈는 사라졌다. 이틀 뒤 상미는 스파이 혐의로 체포되었다. 상미의 태블릿 컴퓨터에서 중국 정부와 주고받은 자료가 발견되었고 재킷과 속옷에는 뜻을 알 수 없는 암호가 적힌 종이도 숨겨져 있었다. 상미가 중국의 탈출선에 대해 알고 있다는 건 금방 드러났다. 수사관에게 조슈에 대해 이야기했지만 믿어주지 않았다. 신고자가 조슈라는 걸 알게 된 건 징역형이 내려진 뒤였다. 상미는 유토피아 계획에 반대한 지성인들을 격리하고 있는 비밀 수용소에 갇혔다.

중국의 탈출 계획에 대해 알게 된 세계정부는 프록시마 센타우리와의 교신 내용 공개와 탈출선 공동 활용을 요구했지만, 중국은 들어주지 않았다. 한 달 뒤, 세계정부는 중국에 선전 포고했다. 러시아는 중국과 손을 잡았고 인도는 중립을 선언했다. 전쟁에 참여한 군인들은 자원 때문에 일어난 싸움이라고만 믿었다. 언제나처럼 전쟁의 진짜 이유는 일부만이 알고 있었다.

상미는 세 번째 세계대전의 시발점에 자기가 서 있었다는 사실을 오랫동안 받아들이지 못했다.

2

"그 개새끼는 처음부터 중국에게도 버림받은 개였어요. 세계정부가 스파이의 존재를 조금씩 눈치채자 중국은 조슈를 버렸고, 조슈는 세계정부가 더 알아내기 전에 자기가 스파이를 발견한 것마냥 저를 팔아버린 거죠."

상미는 계단 위에서 신시아에게 팔을 내밀며 말했다. 신시아는 상미의 손을 잡고는 힘겹게 계단을 올랐다.

"여기서 잠깐 쉴까?"

신시아는 주저앉았다. 상미는 고개를 끄덕이며 신시아 옆에 앉았다. 신시아는 허리 옆에 걸어둔 물통을 꺼내 한 모금 마시고 상미에게 건넸다. 지난밤에 내린 소나기 덕분에 물병의 물은 충분했다.

"세계가 이렇게 망할 줄은 몰랐죠. 거품이 도달하기도 전에."

"덕분에 우리가 수용소에서 나올 수 있었지만 말이야."

"수용소가 튼튼하게 지어진 덕분에 폭격에서 살아남은 것도 아이러니죠."

상미는 끈이 거의 끊어진 가방 속에서 기름종이로 싼 빵을 꺼냈다. 곰팡이가 생긴 부분을 뜯어내 버린 다음 신시아와 나눠 먹으며 이야기를 이어나갔다.

"얼마나 큰 전쟁이었을까요? 이번엔 어떤 무기를 개발했기에 지상에 있는 거의 모든 동물들이 증발해버린 건지. 결국 세계정부는 패전과 동시에 사라지고, 중국과 러시아는 인도와 전쟁을 하다가 결국은 모두 해체되어버리고. 그런 와중에 우린 신문 한 장도 못 받아 봤죠."

"어차피 끝이 다가온다는 걸 알게 된 시점에서 다들 끝장을 볼 수밖에 없었겠지. 세계정부는 유토피아 건설에 너무 많은 자원을 투자했으니 처음부터 전쟁에서 이기긴 어려웠을 거고."

"유토피아는 어떻게 됐을까요?"

"글쎄. 거의 완공됐다는 소문은 들었지만, 전쟁이 한창인데 이주할 틈이 있었을까? 수용소 친구들이 호주로 무사히 건너갔다면 어떻게든 알려주겠지."

상미는 호주를 향해 떠난 친구들을 떠올렸다. 그들은 버림받은 유토피아라도 폐허가 된 바깥세상보다는 나을 거라며 해안가로 떠났다. 처음엔 태평양을 어떻게 건널지 걱정했었지만 다들 배울 만큼 배운 양반들이니 별을 보든 해류를 읽든 알아서 잘 가리라고 상미는 생각하기로 했다. 상미와 신시아는 바다를 건너는 건 위험하다고 생각해 다른 선택을 했다.

"이제 숨도 돌렸으니 다시 올라갈까?"

이번엔 신시아가 먼저 일어나 상미에게 손을 내밀었다. 상미는 신시아의 손을 꼭 붙잡고 일어나 엉덩이를 털었다. 그들은 다시 계단을 올랐다. 힘이 들 때마다 조금씩 쉬어가며 다섯 층을 오르자 낡은 문이 나타났다. 상미가 문을 열자 주황색 빛줄기가 두 사람을 향해 쏟아졌다. 옥상은 저물어가는 태양 빛에 붉게 물들어 있었다. 상미와 신시아의 길게 늘어진 그림자가 주황빛 바다를 가로지르며 옥상의 가장자리로 향했다.

"보여요."

상미가 말했다.

"보이네."

신시아가 말했다. 서쪽 하늘에 두 개의 태양이 떠 있었다. 하나는 진짜였고 하나는 태양보다 두 배는 더 큰 구체 거울에 반사된 일그러진 허상이었다. 넋을 잃을 만큼 아름다운 풍경이었지만 상미는 형용할 수 없는 공포감을 느꼈다. 지구를 몇 개나 집어삼키고 남을 목성의 폭풍들을 봤을 때 느꼈던 경이감. 그런 목성을 단숨에 태워버릴 불길을 내뿜는 태양을 봤을 때 느꼈던 두려움. 그 모든 감각을 뛰어넘는 존재가 태양에 다가오고 있었다.

"말도 안 되겠지만, 질량이 전혀 없는 것처럼 움직이고 있어. 저 정도 크기의 물체가 다가오는데도 아무런 중력 이변도 일어나지 않는다니."

"애초에 빛보다 빠르게 달려온 물체잖아요. 저걸 만든 녀석들은 아마 우리 이해를 아득히 뛰어넘은 존재들일 거예요."

태양의 허상이 갈라지기 시작했다. 구의 표면이 직소 퍼즐 조각처럼 나뉘어 퍼져나가기 시작했다. 구의 내부에 감춰져 있던 복잡한 뼈대들이 드러나고 마침내 여섯 개의 교차하는 고리가 나타났을 땐 태양보다 여섯 배는 더 커 보였다. 상미의 예상대로 호버만 스피어 구조였다. 호버만 스피어는 천천히 태양을 향해 다가갔다. 스피어의 중심이 태양에 이르자 이동도 멈췄다. 대신 여섯 개의 고리가 천천히 회전을 시작했다. 고리가 태양 앞을 가로지를 때마다 하늘이 미약하게 어두워지고 노을이 천천히 요동했다.

"저렇게 에너지를 공급하는 거였군. 설마 정말 다이슨 스피어를 활용하는 존재가 있을 줄이야. 저렇게 3년 동안 에너지를 모은 다음 초광속으로 다른 곳으로 가셨지, 아마. 달려오는 거품을 뒤에 두고."

신시아가 노을빛에 눈을 찌푸리며 말했다.

"거품이 시작된 곳의 방향이 적위 -35도, 적경 20시라고 했죠? 왠지 익숙한 숫자였는데 이제 기억이 났어요."

상미가 말했다.

"제가 감광 현상을 관측한 별 중 가장 멀었던 글리제 783이 대충 그 정도 위치였어요. 어쩌면 저…… 호버만-다이슨 스피어를 만든 존재들이 진공붕괴를 일으킨 거 아닐까요? 자기들이 붕괴를 일으켜놓고 도망 다니고 있는 거죠."

먼저 그런 예상을 내놓은 사람이 있었지. 상미는 조슈의 마른 세수를 떠올렸다. 그동안 여섯 개의 고리로 둘러싸인 태양이 검은 지평선 아래로 조금씩 가라앉았다.

"그게 사실이라면…… 우린 운 나쁘게 히로시마 근처에 살던 개미고 저 외계 물체는 폭탄 떨어뜨리고 도망가는 에놀라 게이 같은 걸지도 모르겠네."

상미는 소리 없이 웃었다. 들어본 적 있는 비유였으니까. 태양은 완전히 졌지만, 고리의 일부는 여전히 붉은빛을 반사하며 지평선 위에서 회전하고 있었다. 두 사람은 고리도 완전히 사라질 때까지 서쪽 하늘을 바라봤다. 지금까지 본 어떤 것보다도 비일상적인 풍경이었지만, 그들을 둘러싼 세상은 아무렇지도 않다는 듯 조용했다.

*

「……시아 ……신시아. 들려?」

상미가 먼저 잠에서 깼다. 위성 전화에서 들리는 소리였다. 설마 저게 진짜 작동할 줄이야. 상미는 침낭에서 나와 위성 전화의 통화 버튼을 눌렀다. 그리고 목소리의 주인공을 불렀다.

"피어스. 반가워요. 해안 날씨는 어때요?"

「상미! 오랜만이야. 반가워. 무사했구나. 신시아는?」

"아직 자고 있어요. 오늘 계단을 많이 올랐거든요. 호버만-다이슨 스피어는 봤어요?"

「우리도 봤어. 맙소사. 할 말을 잃었지. 이동형 다이슨 스피어라니. 그것보다 얼른 신시아도 깨워.」

"일어났어. 무슨 일이야?"

신시아가 허물을 벗듯 침낭에서 나오며 말했다.

「기생선이 내려오고 있어. 그것도 여러 대!」

"기생선?"

「상미의 전남친이 말했던…….」

"배신자라니까, 배신자."

상미가 피어스의 말을 자르며 정정했다.

「그래, 그 배신자가 말했던 프록시마 센타우리에 대한 말이 사실이었나 봐. 호버만-다이슨 스피어가 이동할 때 그 옆에 달라붙어서 같이 이동해 온 거 같아.」

"그래서 기생선이라고 한 거군요."

「본인들이 직접 그렇게 얘기하고 있어.」

"본인들이라고?"

상미와 신시아가 동시에 놀라며 말했다.

「놀랍게도, 프록시마 센타우리의 외계인들, 그냥 프록시만이라고 할게. 프록시만은 중국어로 교신을 하고 있어. 중국어를 할 줄 안다고. 물론 문자로만. 프록시만은 중국어가 지구 공용어라고 생각하고 있는 거 같아. 중국하고만 교신했으니 그럴 만도 하지만. 어쨌거나, 프록시만의 기생선이 내려오고 있어. 그동안 교신하던 중국 정부가 사라진 걸 알고는 지구 곳곳에서 생존자를 찾고 있는 거 같아.」

"하지만 우린 아무도 중국어를 못 하잖아요?"

「기계 번역은 반세기 전에 완성됐어, 어린 아가씨. 기생선 하나가 우리를 발견해서 내일 아침엔 데리러 올 거 같아.」

상미는 잠시 말을 잃었다. 신시아가 대신 말했다.

"유토피아는 어쩌고?"

「우리도 아직 고민 중이야. 원한다면 우릴 호주에 내려주겠다고는 하는데…… 어쨌거나 내일 기생선에 올라탈 거야. 그리고 너희들이 있는 곳으로도 갈 거고. 내일까진 이동하지 말고 거기서 기다려. 다시 통화할 테니까 위성 전화 배터리는 아껴두고.」

짧은 기계음과 함께 피어스의 목소리가 사라졌다. 상미와 신시아는 기내와 당혹 사이에서 잠시 서로를 바라봤다. 그리고 허탈하게 웃음을 터뜨렸다.

*

태양이 중천에 떴다. 이젠 태양이라고 부르기에도 어색했다. 위치에 따라 조금씩 달라 보이는 고리들은 마치 태양에서 뻗어 나온 기다란 다리처럼 보이기도 했다. 상미는 빛나는 문어를 떠올렸다.

"기생선이야."

신시아의 손가락 끝이 향하는 곳에서 기이하게 생긴 비행체가 다가왔다. 비행체는 공기역학적으로 도무지 효율적이지 않은 모양을 하고 있었지만 아무렇지도 않게 하늘을 가로지르고 있었다. 멀리 있을 때는 몰랐지만, 비행체가 눈앞까지 오자 상미는 그

압도적인 크기와 그럼에도 가벼운 움직임에 놀라움을 감출 수 없었다.

기생선은 하늘에서 천천히 내려오더니 상미와 신시아가 있는 건물 옥상 바로 옆에서 멈췄다. 머리카락을 잠시 흩날릴 정도의 가벼운 바람만이 불었다. 반중력 장치라도 사용하는 걸까. 프록시만도 아마 인류를 아득히 넘어선 문명일 게 틀림없다고 상미는 생각했다. 기생선 옆에 구멍이 하나 생기더니 거기서 기다란 다리가 뻗어 나왔다. 사람이 올라타기 딱 좋은 폭이었다. 기생선의 초대였다. 상미와 신시아는 눈빛을 한번 교환하고는 다리 위로 올라갔다. 두 사람의 걸음걸이에 맞춰 다리는 점차 줄어들었고 어느새 옥상에서 사람의 그림자는 사라졌다.

*

"프록시만도 호버만-다이슨 스피어를 만든 존재들에 대해서는 잘 모르는 거 같아."

피어스는 소리가 전혀 울리지 않는 알 수 없는 재질의 바닥을 걸으며 말했다.

"알파 센타우리 A에 호버만-다이슨 스피어가 도착했을 때부터 스피어와 교신을 시도했지만 아무런 답도 듣지 못했나 봐. 대신 스피어가 알파 센타우리 B로 이동할 때 그 주변의 공간이 함께 움직인다는 걸 알고는 기생선을 만들기로 했대. 그들의 기술로는 광속의 절반도 따라잡지 못하니 진공거품에 밀려 죽기 싫으면 스피어에 기생해서 이동할 수밖에 없다고 판단한 거지."

주변이 점차 밝아지면서 넓은 공간이 나타났다. 끝이 보이지 않을 만큼 넓었다. 눈이 적응하자 빛 속에 숨어 있던 사람들이 모습을 드러냈다. 마치 재난 현장의 피난민들처럼 여기저기 대여섯 명씩 모여 있었다. 평화로운 얼굴도 있었고 절망적인 얼굴도 있었다.

"여기 있는 사람들 대부분은 전쟁 생존자들이야. 무슨 일이 일어나고 있는지도 모르지. 진공거품에 대해서도 호버만-다이슨 스피어에 대해서도. 대부분 호주의 유토피아로 갈 사람들이고."

피어스는 상미와 신시아를 안내하며 말했다. 멀리서 그들을 보고 한 사람이 손을 흔들며 다가왔다.

"로렐린!"

상미가 다가가 로렐린을 껴안았다. 로렐린은 유일하게 상미와 나이가 같은 수용소 친구였다. 상미는 로렐린의 이마에 입을 맞췄다.

"다시 만나게 돼서 기뻐."

로렐린이 말했다. 상미는 고개를 격하게 끄덕였다. 하지만 뭔가 허전한 듯 주변을 살폈다.

"조슬린이랑 펑은?"

"둘 다 타지 않았어. 지구를 떠날 생각도 유토피아로 갈 생각도 없다면서. 자기들은 서로만 있으면 어디서든 살아갈 수 있을 거라고."

"그렇구나……."

피어스가 상미와 로렐린의 어깨에 손을 얹었다.

"너희도 결정해야 해. 유토피아로 갈 것인가, 아니면……."

신시아가 피어스의 말을 이었다.

"기생선에 남아 호버만-다이슨 스피어와 함께 이동할 것인가. 유토피아에 가면 아마 충분히 좋은 삶을 보낼 수 있을 거야. 우리만 입을 잘 다물고 있으면 140년 뒤에 진공거품이 지구를 분해해버릴 거라는 것도 아무도 모를 거고, 평화가 이어지겠지. 적어도 우린 거품이 도착하기 전에 생을 마감할 거고."

신시아의 말에 로렐린이 흥분하며 물었다.

"하지만 아이들은? 아무것도 모르는 이들 중엔 아이를 낳을 사람들도 있을 건데. 우린 그들에게 미래가 없다는 걸 알면서 입을 다물고 있어야 하나요?"

상미는 오랜만에 조슈의 말을 떠올렸다. 유토피아 자체가 거대한 기만이다. 상미는 여전히 그 말에 동의했다. 상미의 표정을 읽은 신시아가 입을 열었다.

"기생선에 남아서 우주를 떠도는 것도 나쁘지 않을지도 몰라. 호버만-다이슨 스피어가 멈추는 곳에 행성이 있다면 거기서 식량과 자원을 조달하면서. 문제는 언제까지 이렇게 이동할 거냐는 거지. 한번 발생한 진공거품은 결코 멈추지 않고 퍼져나갈 거니까 호버만-다이슨 스피어도 영원히 거품에서 도망 다닐 생각일지도 몰라. 그렇다면…… 후대 인류는 결국 우주적 기생 종족이 될 거고 지구에 대해서도 잊어버리겠지. 이제까지와는 전혀 다른 존재가 될 거야."

침묵이 이어졌다. 침묵을 깬 것은 허공에 나타난 낯선 문자였다.

"프록시만이야. 직접 모습을 드러내진 않고 항상 메시지만 보내. 서로의 모습은 보지 않는 게 좋다면서."

피어스의 말대로 중국어였다. 피어스가 손바닥 크기의 태블릿을 꺼내 허공의 글씨를 비추자 번역문이 화면에 나타났다.

유토피아를 향해 출발했습니다. 도착은 10분 뒤입니다.

"이 거대한 비행체로 지구 반 바퀴를 이동하는 데 고작 10분이라니."

상미가 감탄하며 말했다.

당신들은 유토피아에 남을 것입니까?

"모두에게 묻고 있는 건가요?"

상미가 피어스에게 물었다. 피어스는 고개를 저었다.

"아니. 아까 말했던 것처럼, 여기 있는 사람들은 모두 진공거품에 대해서는 몰라. 그저 큰 전쟁에서 살아남았고 피난처를 원하고 있을 뿐이지. 기생선의 정체에도 관심 없고. 프록시만은 우리에게만 묻고 있는 거야."

피어스가 태블릿을 만지작거리며 메시지를 입력했다. 이들에겐 시간이 필요해. 메시지는 곧 중국어로 번역되었다. 피어스가 태블릿 화면을 허공에 들어 올렸다.

알겠습니다.

"프록시만도 유토피아의 취지를 이해하고 있어. 거기에 진공거품의 접근에 대해 아는 사람이 있어서는 안 된다는 거 말이야. 그리고……."

피어스가 주변을 둘러보며 말을 이었다.

"기생선이 인류가 살아가기에 적합한 환경이 아닌 것도 사실이니까. 그야말로 텅 빈 공간일 뿐이지. 프록시만이 어떻게 살아가고 있는지는 모르겠지만. 굳이 원하는 게 아니라면 유토피아에 남기는 게 인류를 위한 것이라고 생각하는 거 같아."

"피어스는 어느 쪽을 원하나요?"

상미가 물었다. 피어스는 대답하지 않았다. 피어스는 전쟁이 끝난 후 수용소를 벗어나자마자 로렐린과 유토피아를 향해 길을 떠났었다. 상미는 피어스와 로렐린의 대답을 이미 알고 있었다. 문제는 신시아와 상미 자신이었다.

*

"맙소사. 인류도 만만찮게 일을 저질러놓았었네."

신시아가 말했다.

유토피아 도착을 앞두고 벽에 생겨난 커다란 창 너머로 호주 대륙이 보였다. 해안가에서 수 킬로미터 떨어진 곳에서부터 하얗고 거대한 벽이 솟아 있었다. 얼핏 보기에는 수직으로 오르는 것 같았지만 벽은 조금씩 기울었고 마침내 거대한 돔을 만들었다. 돔 하나의 직경은 100킬로미터가 넘어 보였고 대륙은 수백 개의 돔으로 뒤덮여 있었다. 기생선의 기묘하고 매끄러운 움직임 덕분에 창가에 선 모든 사람들이 회색 벌집 같은 호주 대륙의 전경과 돔 벽의 상세한 디테일 모두를 빠르게 훑어볼 수 있었다. 관성을 완전히 무시하는 것 같은 기생선의 움직임에 상미는 놀라운 표정을 지었지만 오래가지는 않았다. 조금만 시선을 돌리면 더욱 초월적인 물체가 태양을 둘러싸고 있기 때문이었다. 기생선은 순식간에 식상하게 느껴졌다.

기생선의 움직임이 조금씩 느려졌다. 창밖에 보이던 매끄러운 돔 벽이 조금씩 거칠어지더니 어느새 고층 빌딩의 단면을 보는 것처럼 복잡해졌다. 곧 커다란 터널 하나가 나타났다. 유토피아로 들어가는 입구였다.

기생선 내부에 크고 작은 통로가 생기더니 드문드문 모여 있던 사람들의 모습이 사라지기 시작했다. 사라진 사람들은 어느새 유토피아 입구 앞으로 모여들었다. 모든 사람들이 내려가고 상미의 일행만이 남았을 때 다시 프록시만의 메시지가 나타났다.

우리와 함께 떠날 생각이 있다면 2년 안에 연락을 주세요.

바닥에서 갑자기 무언가 튀어나오기 시작했다. 바닥은 3D프린터처럼 손가락 크기의 막대기 하나를 뱉어냈다. 막대기 끝에는 작고 동그란 버튼이 붙어 있었다.

"기생선을 호출하는 송신기…… 같은 건가."

상미는 프록시만이 만들어준 두 송신기를 집어 들었다. 하나는 신시아에게 건넸고 다른 하나는 자기 주머니에 넣었다. 이제 그들 앞에도 터널이 하나 생겼다. 네 사람은 서로 눈빛을 교환한 다음 통로 안으로 걸어 들어갔다. 분명 앞으로만 걸었지만, 터널을 나왔을 때는 기생선 아래의 지면이었다. 묘한 기분이었다. 상미는 기생선이 식상하다고 생각했던 걸 후회했다. 조금 더 살펴보면 좋았을걸.

유토피아 입구에서 사람들이 나왔다. 환호하고 있었다. 기생선에서 내린 사람들을 기다리고 있었다는 것처럼. 방문자들을 인도하는 그들의 움직임은 능숙했다. 이미 여러 번 해본 것 같았다. 생존자들을 내려놓은 기생선이 처음은 아니겠지. 상미는 그렇게 생각하며 유토피아 주민들의 축복을 받으면서 입구를 향해 다가갔다.

입구를 통과하자마자 스스로를 관리국장 지소라고 소개하는 남자가 그들을 맞이했다. 지소는 다른 생존자들에게는 관심이 없어 보였다.

*

"유토피아에는 당신들이 필요합니다."

지소가 말했다. 국장이라는 이름에 어울리지 않는 좁은 사무실에 지소와 상미의 일행이 모여 서로의 얼굴을 살폈다. 지소는 말을 이어나갔다.

"여러분들에 대해선 알고 있습니다. 수용소에서 나오신 분들이죠. 진공거품과 유토피아의 진짜 목적을 알고 계신 분들이라는 것도요. 어떻게 아냐고요? 유토피아 건설이 시작된 이후 지구상에 존재했던 거의 모든 사람들의 정보가 여기에 있어요. 유토피아 적응기에 적합한 사상과 가치관을 지닌 사람들을 선별해내기 위해서였는데, 뭐, 이제 선별의 의미가 없어졌죠. 대신 지금은 여러분처럼 진실을 알고 있는 분들을 찾는 데 쓰이고 있답니다."

지소는 손가락으로 네모난 사각형을 만들어 사람들의 얼굴을 차례로 비췄다. 상미는 주변을 둘러봤지만 카메라처럼 보이는 건 없었다. 대놓고 지켜보진 않겠지.

"전 얼마 없는 세계정부의 전쟁 생존자입니다. 제가 살아남은 건 기적이었어요. 지난 세기에는 상상도 못 했던 무기들이 도시를 휩쓸었었죠. 거기에 대해선 다시 떠올리고 싶지 않네요. 어쨌거나."

지소는 냉장고에서 자그만 음료수 팩을 꺼내 모두에게 돌렸다. 바깥세상에서 마시던 빗물과 강물에 이골이 난 상미는 단숨에 음료수를 들이켰다.

"다행히 유토피아는 거의 완성된 상태였어요. 하지만 완벽하지는 않아요. 주로 시스템이 부족한 상태입니다. 그걸 저 같은 정부 생존자들이 마무리할 생각이에요. 하지만 일손이 부족해요. 그렇다고 아무것도 모르는 사람들에게 부탁할 수는 없고. 그래서 여러분들을 만나게 되어 무척 반갑습니다."

"140년 뒤면 세상이 사라질 거라는 걸 모르는 사람들의 가짜 요람을 만드는 걸 도와달라는 건가요?"

상미가 빈 음료수 팩을 지소에게 넘기며 말했다. 지소는 음료수 팩을 받아 들고 옆에 있던 쓰레기통에 집어넣었다.

"거짓말을 하지 않겠습니다. 최소한의 인류만을 생존시켜 남은 기간 동안 최대한의 행복을 누리게 한다. 그게 원래 유토피아의 목적이었죠. 하지만 최소한의 인류를 남긴 결정적 행위는 우리가 하지 않았어요."

지소의 손가락이 상미를 향했다.

"당신과 당신 애인이 했죠."

신시아가 뒤에서 붙잡지 않았다면 상미의 발이 지소를 짓밟았을 게 분명했다. 지소는 그걸 보며 가볍게 웃었다.

"농담이 지나쳤군요. 죄송합니다. 전쟁은 그렇게 한두 사람의 실수로 일어나지 않아요. 그러니 죄책감 느끼지 마시길. 조슈도 잘 극복하고 있어요."

"조슈가 여기 있다고?"

상미의 인상이 찌그러졌다.

"조슈 역시 전쟁 생존자입니다. 그는 당신마저 동정할 정도로 많은 고생을 했어요. 덕분에 사람이 완전히 달라졌죠. 지금은 유토피아의 통신 시스템을 손보고 있어요. 유능해요. 유토피아 전체를 완벽하게 커버하는 방송통신 환경을 거의 완성했어요."

"그 개새끼 어딨어?"

"진정해요. 지금의 그는 매우 성실한 사람이니까. 유토피아는 이미 부분적으로 가동을 시작했어요. 아무것도 모르는 사람들은 낙원에 들어가 자기 집을 찾고 거기서 생각 없이 행복하게 살기만 하면 되죠. 하지만 조슈는 우리와 함께 일하기로 했어요. 원한다면 거품과 유토피아에 대한 기억을 지워주겠다고 했는데도."

울분을 삭이지 못하는 상미를 진정시키며 신시아가 지소 앞으로 다가와 물었다.

"그래서 우리에게 원하는 게 뭐죠?"

"여러분에겐 각자에게 어울리는 일을 부탁드릴 겁니다. 무겁게 생각하지 마세요. 그냥 공무원 같은 거로 생각하세요. 물론 여러분들도 유토피아의 풍요로운 삶을 누릴 수 있을 겁니다. 보안을 위한 약간의 감시는 있겠지만요. 진공거품에 대한 이야기가 퍼져나가면 안 되니까."

"우리가 떠나겠다고 한다면?"

"어디로? 기생선으로? 거기엔 아무것도 없어요. 그저 공간만 제공될 뿐이죠. 거긴 사람이 살 곳이 아니에요. 그런 곳에서 3년마다 우주를 떠돌아다니며 살 건가요? 초광속 비행이 신나기는 하겠네요."

지소는 일부러 껄껄거리며 웃었다. 잠시 후 숨이 찼는지 가슴을 잡고 헐떡거리고는 다시 말했다.

"고민할 필요가 있나요? 여기선 모두가 행복해질 수 있어요. 마지막 순간까지. 그 누구도 고통받지 않을 거라고요. 140년 뒤에 세상이 망하는데 저들은 그걸 모른다? 언제는 사람들이 미래의 재난을 알았나요? 우리만 그 사실을 알고 있기 때문에 그들을 구원할 수 있는 겁니다. 스스로 고통스러운 삶을 살고 싶어서 떠나겠다고 하면 말리지 않겠어요. 기생선으로 가세요. 하지만 남겨진 사람들의 운명을 알고 있으면서 인간적인 선택을 한답시고 유토피아의 의미를 부정하는 건 자기기만일 뿐이에요."

지소가 자기 음료수로 목을 축이며 말했다.

"시간은 충분히 드리죠. 여러분도 적응할 시간이 필요하니까."

*

신시아는 바로 다음 날 송신기의 버튼을 눌렀다. 30분이 채 지나지 않아 기생선이 나타났고 신시아는 상미와 로렐린, 피어스에게 작별 인사를 하고 떠났다. 로렐린과 피어스는 지소의 제안을 받아들였다. 그들은 유토피아의 교육과 정신 건강을 관리하는 시스템 구축 일을 맡았다. 그들은 곧 결혼했다.

상미는 여전히 보류 상태였다. 하지만 지소는 천천히 생각하라며 상미에게 돔 벽 가까이에 있는 작은 집을 제공해줬다. 그곳은 관리국 관계자들의 가족이 사는 곳이었다. 아름답고 평화로운 곳이었다. 상미는 그곳이 마음에 들었다. 가끔 신시아가 그리워졌다. 따분한 걸 싫어하는 신시아에게 유토피아는 그다지 유혹적이지 않았을지도 모른다. 상미는 따분하지 않았다.

*

로렐린이 출산했다는 소식이 적힌 엽서가 도착했다. 상미가 정원에서 어린 사과나무를 다듬고 있을 때였다. 상미는 나무 아래에 앉아 엽서에 붙은 아기의 사진을 물끄러미 들여다봤다. 예뻤다. 상미의 새로운 남자 친구도 아이를 원했지만, 아이를 갖지 않겠다고 마음먹은 상미의 대답은 언제나 같았다. 하지만 하얗고 깨끗한 천에 싸여 잠자고 있는 아기의 모습은 유혹적이었다.

인공 태양의 위치가 바뀌면서 나무 그늘이 상미에게서 달아났다. 상미는 엉덩이를 털고 일어나 집으로 향했다. 조립식으로 지어진 집은 언제든 구조를 바꿀 수 있었지만, 상미는 지난 1년 반 동안 책상 위치조차 바꾸지 않았다. 책상 옆 작은 액자 아래에서 상미는 프록시만이 준 송신기를 꺼냈다. 상미는 송신기의 버튼을 손가락 끝으로 어루만졌다. 조금만 힘을 주면 버튼이 눌리고 프록시만의 기생선이 내려올 것 같았다. 유토피아에서 송신기를 가진 사람은 얼마나 될까? 유토피아는 행복했다. 어쩌면 유토피아에 남는 것도 나쁘지 않을지도 몰라. 상미는 송신기를 다시 액자 아래에 넣었다. 한 달에 한 번은 반복하는 행동이었다.

노크 소리가 들렸다. 상미는 액자 위치를 바로잡고 현관으로 걸어갔다. 걸음걸이는 가벼웠고 경첩 소리는 경쾌했다. 하지만 상미의 표정은 그렇지 못했다.

"오랜만이야."

조슈였다. 상미는 문을 닫으려고 했지만 조슈의 손이 더 빨리 문을 잡았다. 조슈의 힘에 금방 밀리자 상미는 순순히 문을 열었다. 조슈는 문 모서리에 살짝 긁힌 손바닥을 문지르며 집 안으로 들어왔다.

"지소에게 네가 여기 있다는 얘길 듣고 찾아왔어."

"무슨 면목으로."

"용서를 빌기 위해."

조슈가 말했다.

"뭐?"

"여긴 유토피아야. 모든 게 갖춰진 곳. 처음엔 거대한 기만이라고 생각했지만 그게 아니었어. 여기에 있는 동안은 욕심도 사라지고 분노도 사라져. 과거도 잊게 되지. 하지만 지소가 넌 아직 잊지 못하고 있다고 하더라고. 그래서 찾아온 거야. 널 과거에서 해방해주려고. 상미야, 너한텐 아무 잘못도 없어. 내가 너한테 큰 잘못을 저질렀어. 하지만 그 잘못 덕분에 여기 있기도 해. 그 점에는 감사하게 생각하고. 모든 게 잘 해결되었고 앞으로도 그럴 거야."

도무지 이해할 수가 없었다. 세계전쟁의 도화선을 내게 던지고 도망갔던 남자가 뜬금없이 찾아와서는 잘못을 빌고 있다. 그러면서도 그 덕분에 여기에 있게 되었다며 감사를 표현하고 있다. 이 새끼가 약을 했나. 상미는 조슈의 동공을 살폈다. 들여다본들 상미가 알아볼 수 있는 건 없었다. 하지만 지소가 말한 것처럼, 눈앞에 있는 조슈는 상미가 알던 조슈가 아니었다. 전혀 다른 사람 같았다.

문득 떠오르는 것이 있었다. 기생선에서 있었던 대화.

아무것도 모르는 이들 중엔 아이를 낳을 사람들도 있을 건데. 우린 그들에게 미래가 없다는 걸 알면서 입을 다물고 있어야 하나요?

로렐린의 말이었다. 상미는 조금 전에 본 로렐린의 딸의 모습을 떠올렸다. 로렐린은 무슨 생각으로 아이를 낳은 걸까. 그 아이의 아이들에게 미래가 없다는 걸 누구보다도 잘 알고 있으면서. 조슈는 왜 나를 찾아와 용서를 구하는 걸까. 용서 못 하리라는 걸 알면서. 그런데 나는 정말 조슈를 용서하지 못할까.

상미는 조슈를 용서할 수 있을 것만 같았다. 상미의 마음을 두 번이나 짓밟았던 그를. 인류의 대부분을 희생시킨 전쟁 시작점에 상미의 이름을 새겨놓은 그를. 어떻게.

유토피아에 취하고 있다. 유토피아가 사람들의 마음을 움직이고 있다. 상미의 마음도 바꿔놓고 있었다. 매일 이어지는 고만고만한 행복은 과거의 고통을 잊고 미래에 대한 걱정을 사라지게 했다. 상미는 그제야 유토피아가 자기 생각보다 더 정교하게 설계되었다는 걸 깨달았다. 유토피아는 사람들의 과거와 미래를 조금씩 재단하고 있었다. 과거의 전성시대를 잊고 미래의 파멸을 알지 못하도록.

상미는 책상 위의 액자를 집어 들어 있는 힘껏 조슈의 머리를 내리쳤다. 나무 프레임과 유리가 깨지면서 조슈의 두피를 갈랐다. 피가 쏟아졌다.

"난, 절대, 용서하지, 않아!"

상미는 부서진 나무 프레임으로 계속 조슈의 머리를 치면서 소리쳤다.

"망할, 개새끼들! 나한테 무슨 짓을 한 거야!"

시뻘겋게 물든 송신기가 조슈의 머리 옆으로 굴러떨어졌을 때 비로소 상미의 팔이 멈췄다. 신음하는 조슈의 머리를 밀쳐두고 상미는 송신기를 집어 들었다. 온몸에 흥분이 차올랐다. 간만에 정신이 번쩍 들었다. 지구는 사라진다. 태양도 사라진다. 이 빌어먹을 행성을 떠나야 한다. 유토피아는 거대한 기만일 뿐이다.

상미는 손에 묻은 피를 옷에 문질러 닦으며 집을 나와 돔의 출구를 향해 걸었다. 파멸을 전제로 만들어진 유토피아는 있을 수 없다. 거기 있는 건 자비로운 기만자와 원자폭탄을 이해하지 못하는 개미들뿐이다. 상미는 신시아의 말을 다시 떠올렸다. 우린

운 나쁘게 히로시마 근처에 살던 개미고 저 외계 물체는 폭탄을 떨어뜨리고 달아나는 에놀라 게이 같은 걸지도 모른다. 머리 위의 화구(火球)를 바라보며 사과나무 아래 개미굴에서 꿀을 나누고 있을 바엔 에놀라 게이에 올라타는 것이 낫다. 그리고 상미는 에놀라 게이에 올라탈 방법을 알고 있었다.

상미는 송신기의 버튼을 눌렀다.

*

우주 공간에서 보는 호버만-다이슨 스피어는 상미의 상상을 초월하는 광경을 만들어내고 있었다. 거대한 여섯 개의 고리가 태양을 둘러싸고 당장이라도 삼킬 것처럼 빠르게 회전하고 있었다. 고리 틈으로 빠져나온 코로나는 살려달라며 발버둥 치는 태양의 손끝처럼 보였다. 고리가 움직일 때마다 코로나는 고리 안으로 말려들었다 뻗어 나오기를 반복했다. 단순히 태양광을 흡수하고 있는 것이 아니라 태양 내부의 물질도 빨아들이고 있었다. 태양의 비명이 들리는 것만 같아 공포스럽기도 했다. 창틀을 붙잡고 있는 상미의 손에서 땀이 잔뜩 묻어났다. 무중력은 이미 충분히 경험했기에 상미는 미끄러지지 않도록 양손을 번갈아 가며 땀을 닦았다.

기생선이 호버만-다이슨 스피어에 다가갈수록 상미는 느껴

본 적 없는 경이감에 압도되었다. 스피어의 고리 하나의 두께가 목성보다도 컸다. 그럼에도 질량조차 없는 것처럼 보이는 빠르고 매끄러운 움직임은 눈앞에 있는 것이 1,000만 킬로미터 규모의 구조물이라는 걸 잊게 했다. 도대체 누가 만든 걸까. 누가 대답해준다고 한들 이해할 수 없을 거라는 걸 상미도 알았다. 에놀라 게이에 올라탄 개미.

기생선은 거대한 고리 중 하나에 접근했다. 고리 주변에는 빛나는 물체들이 천천히 돌아다니고 있었다. 상미는 과일 주변에 모여든 초파리 무리를 떠올렸다. 곧 그것들이 다른 기생선이라는 걸 알게 되었지만 그래도 자기 느낌이 틀린 것만은 아니라고 생각했다.

기생선처럼 생겼지만 크기가 훨씬 더 큰 우주선이 상미의 기생선을 향해 다가왔다. 그러고 보니 유독 크기가 큰 우주선들이 주변에 몇 개씩 있었다. 그 주변을 자그만 우주선들이 돌아다니고 있었다. 상미는 곧 자기가 타고 온 것이 일종의 수송선이라는 걸 깨달았다. 눈앞에 나타난 커다란 우주선이 진짜 기생선이었다.

두 우주선 사이에 통로가 생겨났다. 상미는 몸을 돌려 창틀을 박차 몸을 날렸다. 포물선이 아니라 직선으로 날아가는 몸은 여전히 어색했고 당장이라도 중력이 잡아당길 것만 같은 느낌도 들었다. 하지만 어디가 아래인지 알 수가 없으니 몸이 떨어지는 상상은 떠오르지 않았다.

벽에 생겨난 통로 내부에는 사다리처럼 생긴 돌기가 있었다. 상미는 돌기를 하나씩 붙잡고 이동했다. 통로를 통과할수록 몸이 무거워지는 걸 느꼈다. 저쪽에는 인공 중력 비슷한 게 있는 게 틀림없어. 관성을 다룰 줄 아는데 중력을 만들어내는 것 정도는 아무것도 아니겠지. 상미는 그렇게 스스로를 이해시켰다. 이 새로운 세상에서 표면적으로나마 자기가 이해할 수 있는 게 있어 묘하게 기뻤다.

"상미!"

반가운 목소리가 들렸다. 반대편 통로 끝에서 얼굴을 내밀고 있는 건 신시아였다. 신시아는 상미에게 팔을 내밀었고 상미는 신시아의 팔을 붙잡고 통로를 빠져나왔다. 예상대로 중력이 있었고 상미는 두 발로 일어섰다.

"신시아, 여긴……."

상미는 말을 잇지 못했다. 대형 기생선 안에는 어림짐작으로도 1만 명은 훨씬 넘는 사람들이 있었다. 간단한 주거 시설과 음식을 배분하고 있는 식당도 보였다. 심지어 개나 고양이 같은 동물들도 있었다. 아이들은 뛰어놀고 있었고 어른들은 서로 진지한 표정으로 이야기를 하거나 집을 만들고 있었다.

"유토피아에 남지 않기로 한 사람들이야. 일부는 유토피아에 들어가지도 않았던 사람들이고. 생각보다 많지?"

신시아가 상미의 등을 부드럽게 감싸며 말했다. 상미는 여전히 말을 하지 못했다.

"인류의 새로운 생존 방법을 받아들인 사람들이기도 해. 더 이상 한 행성의 정복자가 아니라 더 거대한 세상의 일부로 떠돌아다니며 살아가는 거지. 호버만-다이슨 스피어와 함께 이동하며 적당한 행성이 있으면 거기서 식량과 자원을 가져오고, 불필요한 건 버리고 사는 거야. 뭐, 원한다면 기생이라는 단어를 써도 좋아. 우리와 프록시만뿐만이 아니야. 스피어의 다른 고리의 다른 부분에는 전혀 다른 행성의 생존자들이 있어. 그들은 우리나 프록시만보다 더 오래전부터 그런 생활을 하고 있었고. 우리에게 이런 생활에 적응할 방법도 가르쳐주기로 했어."

신시아는 주머니에서 정성스럽게 싼 쿠키를 꺼내 상미에게 건넸다. 상미의 손에 힘이 들어가지 않자 신시아는 직접 상미의 손바닥에 쥐어줬다.

"호버만-다이슨 스피어는, 말하자면, 우주적 노아의 방주 역할을 하고 있어."

노아의 방주라. 상미는 살짝 웃음이 나왔다. 위대한 존재가 일부러 일으킬 홍수를 앞두고 자비의 손길을 베푸는 노아의 모습이 떠올랐다. 노아는 스피어를 만든 존재일까. 아니면 프록시만일까.

"누가 만든 걸까요?"

상미가 물었다. 신시아는 고개를 갸우뚱했다.

"호버만-다이슨 스피어."

"아무도 모른다는 거 알잖아."

"진공붕괴는 누가 시작한 걸까요?"

신시아는 대답하지 않았다.

"호버만-다이슨 스피어를 만든 존재가 정말 초광속 비행 기술의 대가로, 또는 실수로 진공붕괴를 일으킨 걸까요?"

항성을 포식하며 초광속 비행을 하는 구조물을 만든 초월적 존재들은 실수마저 초월적으로 하는 걸까. ……아니면 그들마저도 누군가가 일으킨 진공붕괴의 피해자일까. 우릴 구해준 프록시만처럼, 그들도 사실은 그저 정처없는 피난민일 뿐일까.

상미는 갑자기 눈앞에 있는 모든 게 무의미해 보였다.

"상미야, 더 이상 생각하지 마. 이제 아무 의미도 없어."

신시아가 상미를 다시 품에 안으며 말했다. 상미는 조슈의 말이 다시 떠올랐다. 모든 건 거대한 기만일 뿐이다.

*

고리들의 회전이 멈췄다. 호버만-다이슨 스피어는 천천히 열으로 이동하며 중심에 있던 태양을 바깥으로 뱉어냈다. 고리들은 기묘한 모양으로 갈라지고 합쳐지더니 중심을 향해 움츠러들면서 크기가 점점 줄어들었다. 잠시 뒤 태양 옆에는 매끄러운 표면의 거대한 구체 거울만이 남았다. 구체는 천천히 태양에서 멀어졌다. 구체가 지나간 공간이 휘면서 배경의 별빛이 일렁거렸다. 별빛이 다시 돌아왔을 때 구체는 이미 태양계에서 사라지고 없었다.

140년 뒤, 진공거품의 빛나는 벽이 태양계를 휩쓸었다. 지구를 구성하던 모든 소립자가 붕괴되어 사라지는 데는 0.05초밖에 걸리지 않았다. 가짜 진공이 사라지고 진정으로 아무것도 없는 진짜 진공이 공간을 차지했다.

작가 후기

전혜진 | 언인스톨 |

레트로, 라는 것에 대해 생각했다. 레트로란 retrospect의 준말로, 옛날의 전통이나 체제, 디자인이나 라이프스타일을 그리워하며 그것을 모방하려는 것을 말한다. 하지만 맥도날드가 1955년 버거를 내놓으며 미국의 호황기를 그리워한들, 일본이 게임이나 애니메이션 같은 캐릭터 기반 콘텐츠에서 쇼와나 다이쇼 시대를 떠올리게 하는 의상이나 에피소드를 내놓는다 한들, 그건 우리의 것은 아니다. 미국의 좋았던 시절, 1950년대에 우리는 전쟁으로 온 나라가 잿더미에서 막 기어오르던 참이었다. 다이쇼 데모크라시의 시절 우리는 그들의 식민지였다. 급기야 우리가 가져보지 못한 남의 레트로를 흉내 내는 데 그치지 않고, 소위 〈검정고무신〉의 배경이 되는 전쟁 직후의 가난하던 시기나, 일제강점기 경성을 레트로라며 애써 소비하는 지경에 이르렀다. 그나마 그 레트로라는 것이 좀 구체적으로 스쳐 간 것이 있다면, 저 〈응답하라 19××〉 드라마 시리즈의 시대일까. 너무 가난

하지도 않고, 역사적으로 너무 비참하지도 않고, 그때 세 편의 드라마에 나오는 청년과 청소년 들이 넓게 잡아 모두 X세대라고 어깨를 으쓱거릴 수 있었던, 그러면서도 IMF 시대의 어두움은 싹 빼놓고 가버린 이야기들. 지금, 온갖 노래가 리메이크되는 것도, 지금의 노래는 뜻 없는 아이돌 가수들의 웅얼거림인 것처럼 8090의 노래를 자꾸만 소환하고 싶어 하는 중년들도, 사실은 자기가 가장 익숙했고, 자기가 이 사회의 주인공인 것처럼 굴었던 시절의 이야기를 반복하고 싶은 것에 불과하다. 그래도 가짜 레트로보다는 낫다고 생각하지만.

가끔 생각한다. 넓게 잡아 1960년에서 1985년 사이, 인구피라미드가 아직 삼각형이던 시절에 태어나 다른 세대보다 일단 양적으로 우위를 차지하고 있는 세대들, 태어나자마자는 아니지만 살아 있는 동안 인터넷을 접하고, 이를 활발하게 사용한 세대들. IT 기술을 통해 구세대로부터는 우위를 차지했으면서, 그다음 세대에게는 양으로 힘으로 밀어붙일 수 있는 이들의 (인구 및 자아의) 덩어리에 대해. 지금도, 심지어는 우리 집 근처 중학교 앞 떡볶이집에서도 울려 퍼지는 퀸의 〈라디오 가가〉를 들으며 한 번 더 생각한다. 만약 이들이 언제까지나 죽지 않고 우리들의 '제사의 대상이 되는 유교문화의 조상신 격'으로 살아남는다면, 우리는 우주가 끝날 때까지 퀸과 신해철을 듣고 〈스타워즈〉를 보며 이젠 주말의 명화가 되다 못해 풍화까지 되었을 1990년대 영화를 숭상하고, 베르나르 베르베르의(물론 이 책을 읽는 독자 대부분은 이 대목에서 한 번 움찔거리실 거라 믿지만, 세상에는 베르나르 베르베르의 소설이 하드 SF도 우주명작도 아니라고 생각하는 한국인보다 의외로 그렇지 않은 한국인이 좀 더 많은 것 같다. 이건 어디까지나 쪽수의 문제인 것이다) 소설을 인류 최고의 SF라고 생각하는 수많은 조상신들을 모시며 여기서 한 걸음도 벗어나지 못하고 살아가게 될 것이다. 문득 그런 생각이 들었다. 여기에는 신해철이 〈그대에게〉를 부르며 데뷔하고 이상은이 〈담다디〉를 부르며 여학생들에게 하트를 날리던 시절에 태어나지도 않았을 친구를 불러다 놓고 그들의 음악을 듣고 있었던 나의 무신경함도 포함될 것이다.

부디 이 조상을 타도하는 소설이 명절의 작은 즐거움이 되시길 빈다.

(P.S. : 명절에 살아 있는 가족 때문에 스트레스를 받는다면 소설 『족쇄 : 두 남매 이야기』도 추천드린다.)

김창규 | 벗 |

무릇 이야기란 갈등에서 시작한다. 민트초코와 바닐라 아이스크림을 둘 다 고를 수 없는 것도 갈등이고, 나와 세계의 이해가 충돌하는 상황도 갈등이다. 이야기에 우열을 둘 순 없지만 적어도 각 갈등이 영향을 미치는 작품 속 세계의 크기를 어느 정도 비교하는 건 가능하다.

디스토피아물은 장르 정의에 따라 커다란 세계를 보여주어야만 한다. 얼핏 보기에는 그렇지 않더라도.

그리고 디스토피아물이란 행복에 관한 이야기이다. 인물을 최대한 괴롭히고 바보로 만드는 가학적인 행위를 통해 독자가 행복을 되새기게끔 만들면 그 디스토피아물은 어느 정도 목적을 달성한 셈이다.

유토피아와 디스토피아 가운데 후자를 선택한 뒤로 한동안 이야기 속 세계의 크기를 결정하려고 고민을 거듭했다. 크면 클수록 좋다. 절망의 크기도 그에 비례하니까. 하지만 마을이든, 사회든, 국가든 단위를 한번 부여하고 나면 읽는 이들에겐 별 차이가 없게 마련이다. 글을 쓴 시간보다 읽은 시간이 훨씬 더 길었던 터라 그 점은 아주 잘 알고 있었다.

그러다가 문득 현 국제 정세가 떠올랐다. 미국, 일본, 중국, 유럽 몇 국가들의 움직임 말이다. 시대가 나아가면서 조금이라도 더 행복한 세상이 올 거라고 많은 사람이 기대하지만 욕망의 주도권을 잡은 이들은 그 흐름에 역행한다. 자신이 머무는 요새를 공고하게 다지려면 없는 외적이라도 만들어서 대립해야 한다는, 끔찍하고 피곤하기 그지없는 전략은 지금도 꾸준히 통하는 모양이다.

그 점을 새삼 깨달으면서 이 글 속 세계의 크기도 결정되었다.

나머지는 늘 지향하는 바를 펼치는 작업이었다. 독자에게는 장르 SF의 재미를 제공하고, 한편으론 남몰래 만들고 있는 '실험' 목록에 한 꼭지를 더 추가하는 것. 이 두 목표야말로 꾸준히 글을 쓰게 만드는 동기이고, 내 활동의 원천이기도 하다 (「벗」의 첫 교정고와 편집자분의 평을 받아 든 시점에서, 다른 단편집에 실릴 내 '판타지' 원고의 담당자께도 소감을 들었다. 두 글을 전혀 다른 목소리로 쓰겠다는 의도가 잘 구현되어 기쁘기 그지없다).

절망과 공허에 잠식되는 주인공의 이야기는 어디까지나 모두가 행복하길 바라는 마음에서 나왔음을 알아주셨으면 하는 바람이다.

이 이야기를 나는 미국 산호세에서 열린 월드콘에서 쓰기 시작했다. (산호세San Jose의 원래 미국식 발음은 '새너제이'에 가깝지만 나는 그냥 산호세라고 할 거다.) 산호세에서 월드콘 마지막 날에 쓰기 시작해서 경유지였던 대만 공항에서 중간 부분을 쌓아 올리고 집에 돌아와서 마무리해서 너무 급하게 쓴 게 아닌가 걱정했는데 기획자 선생님도 편집자 선생님도 모두 좋아해주셔서 안심했다.

월드콘은 세계 SF 덕후들의 모임이며 나는 2018년 8월에 열린 제76회 월드콘에 한국과학소설작가연대를 홍보하기 위해 참석했다. 8월 15일부터 8월 20일까지 닷새 동안 그곳은 나에게 작은 유토피아였다. 물론 시차 적응은 쉽지 않았고 체력적으로 힘들기도 했지만 나는 닫혀 있던 정신의 한쪽이 열리는 경험을 했고 그래서 마감을 어기지 않고(중요하다) 글을 쓸 수 있었다.

월드콘은 SF 컨벤션인데 SF와는 크게 관련이 없어 보이는 여러 강연들도 행사의 일환으로 다양하게 진행되었다. 그곳에서 나는 미국의 의료 정책과 약물 문제, 시민사회의 역할과 정치 참여, SF가 제시하는 미래, 영미권 SF 속의 오리엔탈리즘과 인종차별 등에 대한 강연을 들었다. 자유롭고 진보적인 성향의 미국 사람들이 보수화, 우경화되는 미국의 정권과 정책에 대해 우려하는 이야기들을 들었고 행사장 바깥의 건물과 상점에서 다양성을 환영하고 혐오와 차별에 반대한다고 써 붙인 안내문(성명서에 더 가까웠다)들을 보았다. 그리고 나는 2018년 8월 당시에 서울 덕수궁 대한문 앞에 있던 쌍용자동차 해고 노동자분들의 30번째 희생자 추모 분향소를 생각했다. (사측과 전원 복직 합의에 성공함에 따라 해고 노동자분들은 2018년 9월 19일에 분향소를 자진 철거했다.) 7월의 폭염 속에 열렸던 퀴어문화축제와 그 여름의 여성 집회들을 생각했다.

유토피아는, 토머스 모어에 따르면, 좋은 곳(eu-topia)이기도 하고 없는 곳(u-topia)이기도 하다. 모든 사람이 각자 마음속에 자신만의 가장 '좋은 곳'을 간직하고 있겠지만, 또 각자 살면서 괴로운 일을 겪고 부당한 상황에 처해본 기억은 다들 있을 텐데, 아무도 이상 사회에서 살아본 경험은 없다. 그렇기 때문에 사실 소설에서 유토피아보다는 디스토피아를 묘사하는 쪽이 훨씬 쉽다. 그러나 현실은 유토피아/디스토피아의 이분법으로 구분

할 수 있을 만큼 단순하지 않다. 부당 해고를 당한 노동자의 죽음을 추모한다는 이유로 온갖 욕설과 악다구니를 듣는 광경은 분명 지옥도였지만 나는 나와 함께 추모하는 분들과 같이 둘러싸여 욕설과 악다구니를 듣고 있었다. 8월 초 광화문의 뙤약볕은 옷을 뚫고 살을 다 태울 기세였지만 나와 같은 빨간 옷을 입은 모르는 여자분이 건네주신 생수는 차갑고 시원했고 사탕은 맛있었다. 뭐 그런 것이다.

희망은 있다고도 할 수 없고, 없다고도 할 수 없다고 중국의 어떤 유명한 작가가 말했다고 한다. 나는 그런 이야기를 쓰고 싶었다. 그러나 거리에 나가 있을 때, 구호를 외치고 있을 때는 머릿속에서 다른 세상을 상상하기가 불가능하다. 사실 그런 상황에서는 배고프다/힘들다/춥다 덥다/핸폰 충전해야 된다 외에 뭘 생각하는 것 자체가 불가능하다. (충전 매우 중요하다.) 그래서 월드콘은 나에게 좋은 의미에서 대단히 사치스러운 경험이었다. 내가 무엇을 하고 있으며 왜 하고 있는지뿐만 아니라 어떤 세상을 꿈꾸는지를 깊이 생각할 수 있는 기회였다.

물론 나는 현실주의자이기 때문에 내가 꿈꾸는 세상이 도래하더라도 언젠가 망할 거라고 생각한다. 그러나 망해도 누군가는 살아남겠지. 그리고 희망은 있다고도 할 수 없지만 없다고도 할 수 없기 때문에, 함께 버텨줄 누군가가 있다면 살아남은 그 누군가는 어쨌든 앞으로 계속 나아갈 것이다. 그 누군가가 사람이면 어떻고 아니면 어떠랴, SF인데. 어쨌든 살아남아 계속 희망을 가지고 상상할 수 있다면 그걸로 좋은 것이다.

김동식 | 두 행성의 구조 신호 |

처음 SF를 제안을 받고 가장 먼저 떠오른 건 영화 〈마션〉과 〈인터스텔라〉입니다. 그 수준을 생각하니 겁이 났습니다. 내가 그런 과학소설을 쓸 수 있나? 이공계 전공 출신 똑똑한 분들만 쓰는 게 SF 아닌가?

그래서 물어보니, 평소에 제가 쓴 단편 중에도 SF가 있다더군요. 그 정도도 SF라고 수용될 수 있다면, 감사하게 큰절하며 써야겠다 생각했습니다. 그렇게 나온 「두 행성의 구조 신호」는 역시 SF라기에 모자란 것 같단 생각이 들긴 하지만, 그냥 이 소설의 이야기처럼 사기 한번 당했다고 생각해주시면 감사하겠습니다.

평소에 저는 한 번도 장르를 생각하면서 쓴 적이 없는데, 이번에 처음으로 장르를 의식하면서 썼습니다. 작업하면서 '이런 게 진짜 작가들이 일하는 방식이구나'란 생각이 들었고, 평소보다 집중해서 글을 쓸 수 있었습니다. 좋은 경험을 할 수 있게 기회를 주셔서 감사합니다.

해도연 | 텅 빈 거품 |

「텅 빈 거품」은 단편선 제안을 받은 날 아침 출근길에 떠올린 이야기입니다. 처음에는 더 많은 인물과 더 많은 사건으로 채울 생각이었어요. 하지만 우주적 재난과 인간 군상의 대조를 위해 일부러 사건을 생략하고 축소했습니다(물론 미리 정해진 분량의 문제도 있었고요). 어느 정도는 의도적인 것이었지만, 덕분에 더 설명적이고 난해해진 것 같기도 합니다. 아마 그렇겠죠. 하지만 그저 과학을 소재로 한 망상을 공유하는 것만으로도 즐거울 때가 있어요. 제가 과학소설을 쓸 때는 항상 그런 식입니다. 부디 읽으시는 분들이 이 기분을 잠시나마 공유할 수 있었기를 바라고 있어요. 그렇지 않았다면 그것은 어디까지나 제 글의 부족함 때문입니다. 재미없는 과학은 없으니까요. 덧붙이자면 제 이야기 속에 나온 과학적 소재들 간의 연결 고리는 일부를 제외하고는 모두 허구입니다. 그나마 사실에 가까운 건 손난로의 원리와 가까운 별들의 위치와 거리 정도네요. 진공붕괴는 실제로 연구되고 있지만 어디까지나 가설에 불과합니다. 나머지는 모두 예외 없이 헛소리입니다.

저는 이야기 속에 어떤 의미나 메시지를 굳이 담으려고 하지 않아요. 그저 하고 싶은 이야기를 할 뿐이에요. 무의식중에 생각하고 있던 것이 묻어나올 수는 있겠죠. 하지만 그게 제가 주장하려는 무언가는 아닙니다. 이 꿈도 희망도 없는 이야기 속에서 어떤 의미나 메시지를 읽으신다면 그것은 당신만의 가치 있는 의미이고 메시지입니다. 기회가 된다면 꼭 듣고 싶네요.

함께하시는 작가분들의 이름을 보며 흥분하기도 했지만 긴장하기도 했습니다. 내가 감히 이 작가들 사이에서 어울리는 글을 쓸 수 있을까, 하고. 하지만 걱정한들 어떻게 할 수 있는 것도 아니죠. 쓸 수 있는 걸 쓸 수밖에. 그리고 무엇보다 이런 작가들과 함께할 수 있다는데 놓칠 수 없었죠. 후기를 쓰고 있는 시점까지 저는 다른 작가들의 작품을 읽지 못했습니다. 그래서 몹시 기대하고 있어요. 이 자리를 빌어 이 단편선의 모든 작가들께 함께하게 되어 영광이라 전하고 싶습니다.

소심하게 쓰고 올리던 제 글을 발견해주시고 멋진 기획을 제안해주신 김보영 작가님과 글을 꼼꼼하게 검토하고 편집하며 소중한 의견을 주신 요다 출판사의 도은숙 편집자님께 감사드립니다. 비록 제가 직접 연락하거나 만나지는 못했지만 이 책이 나오기까지 노력해주신 다른 모든 분께도 감사드립니다. 당연한 얘기지만 이 단편선과 그 속의 제 글을 읽어주신 독자분들께 감사드립니다. 독자분들의 관심과 시선 덕분에 부족한 부분을 발견하고 메워나갑니다. 마지막으로, 항상 새벽에 일어나 조용히 글을 쓰려고 하지만 시야가 좁아 여기저기 부딪히고 이것저것 떨어뜨리는데도 시끄럽다고 불평하지 않는 아내와 딸에게도 감사를 전합니다.

다가올 미래,

빛 과 어둠

당신은 어느 세계를 택하시겠습니까?

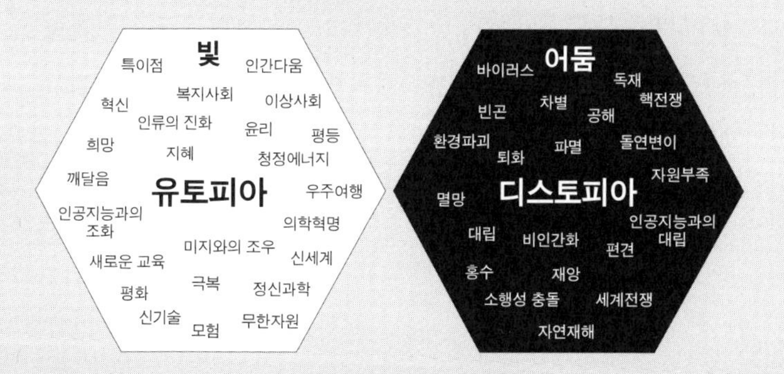

반갑습니다.

지금부터 여러분 열 명은, 다섯 명씩 각기 어둠, 빛 두 진영으로 나뉘어 소설을 쓰시게 될 것입니다.

어둠과 절망의 미래를 택할지, 빛과 희망의 미래를 택할지는 여러분의 자유입니다.

여러분이 갖고 계신 지혜와 전문 지식을 최대한 발휘하여,

어둠의 세계를 구성하거나, 혹은 빛의 세계를 구성하거나, 혹은 그 세계에서 생존할 방법을 찾아내십시오.

건투를 빕니다.

출판사의 최초 구상은 현실적인 미래 전망이었지만, 초기 기획 의도에 있던 '미래는 과연 장밋빛일 것인가, 아니면 그 반대일 것인가?' 하는 의문에 착안하여, 열 명의 작가가 디스토피아/유토피아로 팀을 나누어 빛과 어둠의 두 단편집을 동시 출간하는 상상으로 발전했다. 작가들께 각기 자신의 진영을 선택할 것을 부탁했는데, 기획자가 작가를 섭외하며 미리 예상한 진영을 다들 그대로 택한 것은 개인적으로 즐거운 점이었다.

또한 이 단편집은 부연 규칙으로 전공 지식, 혹은 독학으로 공부한 지식을 최대한 활용할 것을 부탁했다. 기획자는 과학 전공자를 우선으로 추천했고, 2순위로 사회과학 전공자를 추천했다. 이 단편집은 의외로 국내에서 처음 시도되는 과학전공 작가 중심의 단편집이다.

"당신이 알고 있는 물리학, 화학, 수학, 법학, 언어학, 사회학, 심리학을 적용하여 세계를 구성하거나, 혹은 그 세계의 문제를 해결하는 도구로 이용해주십시오."

세상의 많은 SF 작가들이 그렇듯이 한국의 많은 SF 작가들도 굉장한 공부광이다. 이 단편집에 참여한 작가들의 전공은 수학,

화학, 전자공학, 기계공학, 컴퓨터과학, 물리학, 천문학, 언어학, 심리학, 문학, 역사, 법학에 이르고, 한 분야 이상을 공부한 작가도 다수다. SF 작가들이 얼마나 다방면에 관심을 갖고 많은 공부를 하는지 조금쯤 자랑할 수 있는 단편집이 되었으면 한다.

한편으로, 많이들 딱히 학위를 내세우지 않고 오직 무엇을 공부했는가를 중심으로 프로필을 적어주신 것도 참으로 SF 작가다운 공통점이었다. 김동식 작가는 행여 작품집이 너무 딱딱해지지 않도록 섭외했으니, 이 작가의 자랑스러운 프로필에도 주목해주셨으면 한다.

결과적으로 참여한 작가 모두가 한껏 자신의 지식을 자랑하여, 보기 드물게 지적인 흥분과 즐거움을 주는 작품집이 되었다.

한편으로 유토피아와 디스토피아의 세계가 미묘하게 섞여 있는 점도 즐거운 감흥을 준다. 유토피아라고 해서 모두가 행복하지 않고, 디스토피아라고 해서 모두가 불행하지도 않다. 때로는 절망 끝에 희망이 오기도 하고, 희망 끝에 절망이 오기도 한다. 어둠과 빛이 서로 멀리 있지 않고, 서로가 있어야만 존재함을 또한 생각하게 한다. 어두운 미래를 그린 작품이든 밝은 미래를 그린 작품이든, 대부분 세계 전체의 변화와 변혁을 노래했다는 점도 감동적이었다.

이 책의 출판에 큰 역할을 했으며, 단편집의 구상에서부터, 작가를 섭외하고 원고를 매만지고, 편집 형태를 구상하며, 기획에 적극적으로 참여하여 제안과 도움을 아끼지 않았던 편집팀 그리고 출판을 결정해주신 요다 출판사에 감사를 드린다.

드물게 훌륭한 작품집이다. 독자들도 즐겁게 읽어주시기를 바란다.

2019년 1월

김보영

알라딘 북펀드에 참여해주신 독자

강경재 강남석 강대성 강동원 강수경 강시현 강정민 강지우 강지원 강진선 강희수 고관웅 고범철 고용찬 고은 고청훈 권민주 권서영 권정민 권태균 권필주 길유지 김건 김경연 김경은 김경휘 김경희 김규탁 김기영 김나래 김나연 김나영 김남영 김남호 김다영 김다정 김다혜 김대건 김도연 김도형 김동규 김동현 김동훈 김라온 김미경 김미형 김민서 김민아 김민하 김민호 김벼리 김보람 김보성 김상욱 김상철 김선경 김선혜 김설린 김성수 김성완 김성필 김세경 김세희 김소영 김송이 김수윤 김수진 김시우 김아름 김연화 김영근 김영은 김영찬 김영채 김예진 김용권 김용헌 김우연 김우주 김유리 김이연 김재리 김재희 김정경 김정민 김정훈 김조현 김종원 김주헌 김주희 김준성 김지애 김지영 김지은 김지현 김지훈 김진성 김진철 김찬영 김찬우 김채원 김태경 김태영 김태형 김푸름 김필수 김하연 김해례 김해진 김향란 김현규 김현영 김현정 김현진 김형진 김혜영 김혜정 김효성 김효진 김희성 남상미 남지현 남하늘 노민경 노은아 노은진 노찬오 노혜린 노호경 도민경 류혜인 맹지은 모지선 모지원 문상필 박근령 박기효 박남수 박대순 박동민 박동주 박민지 박서현 박성인 박성찬 박소현 박승아 박신영 박영미 박영은 박용준 박우영 박원종 박유현 박윤수 박정옥 박정원 박종선 박종우 박지민 박지영 박진웅 박찬미 박현준 배기훈 배윤호 배준현 배현주 백슬기 백효인 변규홍 변인영 서강선 서민석 서민희 서영재 서정연 서지성 성찬얼 소희정 손유나 손유라 손준용 손지원 손형선 송다금 송미경 송석영 송유경 송정훈 송지우 신민기 신민선 신시연 신연지 신예린 신재훈 신지현 심너울 심완선 심지연 안상균 안서현 안정원 안준호 안지현 안찬희 안혜린 양기원 양민경 양수빈 양승민 양윤영 양지희 양혜림 엄길호 엄세하 엄수환 연민경 연서진 오영욱 오유송 오은비 왕준영 왕효진 우영준 원선미 유만재 유선우 유인엄 유지현 유형석 유호정 유효상 유희연 윤가람 윤담비 윤병용 윤서라 윤석영 윤석호 윤성민 윤성일 윤솔 윤승재 윤여진 윤혜진 이강영 이강철 이강희 이경문 이고은 이기쁨 이동규 이륜정 이명하 이무준 이미랑 이민규 이민진 이보영 이상혁 이상훈 이서연 이서영 이선우 이성연 이성재 이세웅 이솔 이수홍 이슬기 이승현 이어진 이연경 이영선 이영학 이예진 이웅현 이유진 이윤경 이윤호 이은이 이의섭 이재윤 이재은 이재호 이정석 이종욱 이종의 이주영 이주하 이주희 이준영 이지수 이지연 이지용 이지우 이지희 이진주 이창수 이하림 이해든 이혜인 이혜지 이호진 이호훈 이홍림 이홍엽 이환희 이희연 인승열 임민진 임선아 임소라 임수민 임수진 임인애 임주영 임준영 임지연 임채범 임한솔 임홍준 장미 장서정 장원기 장원선 장유경 장현 장화진 전누리 전삼혜 전승우 전용재 전재형 전정중 전지원 전호선 정담 정명기 정민서 정민호 정서윤 정석완 정승락 정승민 정연태 정영인 정유진 정인경 정인화 정재은 정지은 정지훈 정진세 정한별 정헌목 정혜민 정혜윤 정효지 조경진 조문호 조민호 조석진 조세영 조소영 조아영 조영우 조영탁 조원경 조유동 조은비 조이슬 조인화 조주영 조준섭 조한진 조현규 조현실 조현용 조희영 주보겸 주재익 주진영 지윤서 지현상 차민경 차선우 차현진 최경서 최나연 최다연 최린 최선영 최성지 최성훈 최소정 최승윤 최시영 최연지 최예라 최원택 최유진 최정은 최종인 최지연 최지은 최지혜 최형도 최훈민 표석 하승현 하희정 하희철 한동수 한미현 한선규 한재형 한주원 한지수 한지은 허당 허웅열 허원석 허유빈 허정 허초롱 홍민수 홍수연 홍순우 홍영실 홍예나 홍예린 홍정기 홍주한 홍진용 황선영 황유민 황태령 황현하 Hojin Kim MILLERADAMTHOMAS 외 68분.

토피아 단편선 2

텅 빈 거품

2019년 2월 14일 1판 1쇄 인쇄
2019년 3월 4일 1판 1쇄 발행

지은이 김동식, 김창규, 전혜진, 정도경, 해도연
펴낸이 한기호
기 획 김보영
편 집 오효영, 도은숙(책임편집), 유태선, 김미향, 염경원
디자인 김경년
경영지원 국순근
펴낸곳 요다
출판등록 2017년 9월 5일 제2017-000238호
주소 04029 서울시 동교로 12안길 14 A동 2층(서교동, 삼성빌딩)
전화 02-336-5675 팩스 02-337-5347
이메일 kpm@kpm21.co.kr
홈페이지 www.kpm21.co.kr

ISBN 979-11-89099-13-8 04810
979-11-89099-11-4 (세트)

· 이 도서의 국립중앙도서관 출판예정도서목록(CIP)은 서지정보유통지원시스템 홈페이지(http://seoji.nl.go.kr)와 국가자료종합목록시스템(http://www.nl.go.kr/kolisnet)에서 이용하실 수 있습니다. (CIP제어번호 : CIP2019002138)
· 요다는 한국출판마케팅연구소의 임프린트입니다.
· 책값은 뒤표지에 있습니다.